천 번의 환생 끝에 ㄱ

요람 장편 소설

초판 1쇄 찍은 날 § 2018년 1월 12일
초판 1쇄 펴낸 날 § 2018년 1월 19일

지은이 § 요람
펴낸이 § 서경석

총괄팀장 § 최하나
편집책임 § 김슬기

펴낸곳 § 도서출판 청어람
등록번호 § 제387-1999-000006호
등록일자 § 1999. 5. 31
어람번호 § 제1-2828호

주소 § 경기도 부천시 원미구 부일로 483번길 40 서경B/D 3F (우) 14640
전화 § 032-656-4452   팩스 § 032-656-4453
http://www.chungeoram.com
E-mail § chungeorambook@daum.net

ⓒ 요람, 2017

ISBN 979-11-04-91605-2 04810
ISBN 979-11-04-91433-1 (세트)

요람 장편소설

FUSION
FANTASTIC
STORY

7

천 번의
환생 끝에

청람
도서출판

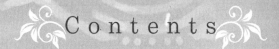

Contents

Chapter48
귀국, 파란(波瀾)

한번 눈물이 터지자 놀란 눈동자에서 쭉쭉 눈물방울이 흘러
내렸다. 당황, 기쁨, 그 외의 감정들이 뒤섞인 그런 눈물이었다.
은재는 원래 눈물이 별로 없었다. 지영을 다시 만났을 때도 오
히려 눈물 대신 웃었을 정도로 눈물이 없는 편인데, 이번만큼
은 아니었다. 눈물이 헤프다고 해야 할 정도로 굵은 눈물방울
을 또르르 흘려대니 오히려 임미정이 놀랐다.

"왜 우니? 좋은 날에……."

"아… 그게요……."

"후후, 괜찮아. 안으로 들어갈까?"

임미정은 직접 휠체어를 밀어 방 안으로 은재를 데리고 들어
갔다. 그러면서 슬쩍 지영에게 눈치를 줬다. 지영은 바로 알아

들었다. 방 구경이야 나중에 해도 되니 지영은 자신의 캐리어를 가지고 옆방으로 들어갔다. 구조만 조금 달라졌을 뿐 원래 쓰던 방과 크게 차이는 없었다. 짐을 풀고, 침대에 앉은 지영은 한숨을 흘렸다. 집에 오니 긴장이 사르르 녹아갔다. 그러다 보니 잠이 솔솔 왔지만 아직 강상만도 못 본지라 지영은 억지로 참았다. 졸음을 쫓는 방법 중 나름 괜찮은 게 바로 샤워였다. 방에 딸린 화장실에서 간단하게 샤워를 하고 나온 지영은 머리를 말리고 컴퓨터를 켰다.

지영은 오늘 있었던 소정의 회원들이 생각났다.

"아주 바람직했지."

건전한 팬 문화의 선두 주자가 되겠다는 문구를 자신 있게 카페 대문에 턱 하니 걸어놓았을 정도로 소정의 회원들은 오늘 최고의 팬 문화를 보였다. 지영은 아직 가입을 하지 않았기에 회원 가입을 신청했다.

닉네임 창에 강지영 본인의 이름을 넣고 눌렀더니, 본인이 아니면 금지라고 떴다. 하지만 아예 막혀 있진 않아서 그대로 승인 버튼을 눌렀더니 채 3분이 지나기도 전에 쪽지가 왔다. 본인이냐고 묻기에 지영은 그렇다고 답장을 보냈다. 그러자 핸드폰 연락처가 왔고, 그 밑에 영상통화를 부탁한다는 말이 적혀 있었다.

지영은 못 할 것도 없어서 영상통화를 걸었다.

보통 자신이 사랑하는 스타와 통화를 하게 된 팬의 모습은 어떨까? 꺅! 꺅! 비명을 지르지는 않을까? 하지만 팬클럽 회장은 지영의 얼굴만 확인하고 '승인해 드릴게요'라는 짧은 말만 남기고 전화를 뚝 끊었다.

그래서 오히려 지영이 놀랐다.

가입 승인이 됐고, 바로 정회원이 돼서 지영은 글을 남겼다. 오늘 와줘서 감사하고, 성숙한 모습을 보여줘서 고맙고, 더 열심히 노력하고, 실망시키지 않는 배우가 되겠다는 말이 담긴 짧은 글이었다.

"지영아! 아버지 오셨다!"

"네! 지금 나가요!"

밖에서 들려오는 임미정의 목소리에 지영은 PC를 끄고 밖으로 나갔다. 밖으로 나가자 거실에서 은재와 얘기를 나누던 강상만이 다가왔다.

"괜찮으냐?"

"네, 괜찮아요. 다친 데도 없고요."

"그래, 다행이다."

담담한 목소리였지만 지영은 그 목소리에서 미약한 떨림을 느낄 수 있었다. 철혈의 검사라 불리며 범죄자들이 치를 떨게 만들었었고, 지금도 강상만의 이름만 들어도 벌벌 떠는 폭력배들이 수두룩하다. 하지만 그런 강상만도 아들에게 암살 기도가 있었던 소식에는 떨 수밖에 없었다.

"저녁은 어떻게 할까?"

강상만이 애써 밝은 표정을 지으며 임미정에게 물었고, 임미정은 얼른 주방으로 들어갔다. 유선정이 임미정을 돕겠다며 주방으로 들어갔고, 김지혜는 가보겠단 말과 함께 쪽지 하나를 몰래 전달해 주고 갔다.

지영은 그 쪽지를 그냥 주머니에 넣었다.

"뭐야?"

하지만 은재가 그 모습을 봤는지 물어왔고, 지영은 아무것도 아니라며 고개를 저었다. 그러자 찌릿, 눈초리가 대번에 날아들었다.

"언니! 예쁜 언니!"

다행히 지연이가 은재에게 가면서 그런 눈초리는 바로 사라졌다. 휴, 속으로 한숨을 내쉰 지영은 두 사람이 노는 걸 소파에 앉아 구경했다. 지연이는 그림 그리기를 좋아했다. 피아노 치는 것도 좋아했다. 예술 쪽으로 확실히 재능이 있는 것 같았다. 각종 대회에서 상도 많이 타 와서 강상만과 임미정은 지연이를 최대한 지원해 줬다.

지금은 스케치북에 그림을 그리면서 놀고 있었다. 은재의 그림 실력도 상당했다. 아직은 선 그리기가 익숙지 않은 지연이 대신 선을 그려주고, 채색도 조금씩 도와줬다. 한 시간 뒤 저녁을 먹고, 가족끼리 도란도란 얘기를 나누고 난 뒤 강상만과 임미정은 지연이를 데리고 2층으로 올라갔다.

유선정도 내일 오겠다는 말을 남기고 돌아갔다.

둘이 남은 거실.

"······."

"······."

어색한 침묵이 감돌았다.

지영은 일어나 냉장고에서 맥주 하나와 주스 하나를 꺼내왔다. 그러자 은재는 다시 어색하게 웃었다.

"뭔가 꿈만 같다."

"그래?"

"응, 사실 걱정했거든. 이게 상식적인 일은 아니잖아? 지영이 너나 나나 이제 스무 살밖에 안 됐고, 너도 사연 많은 사람이고, 나도 만만치 않고."

"……."

"그리고 내 사연을 어째 두 분은 알고 계신 것 같고."

"아버지가 검사시잖아."

"응, 그것도 검찰총장. 와, 내 남자 이제 보니 진짜 대단한데?"

피식.

장난기가 감도는 그 말에 지영은 그냥 웃고 말았다. 은재는 이러한 지영의 환경에 대해 조금도 부러워하지 않았다. 보통 이나이대면 부러워하고, 시기, 질시하고, 자신의 처지를 비관할 법도 하다.

한창 예민할 나이이니 말이다.

그런데 은재는 그런 기색이 하나도 없었다. 그런 모습이 지영은 참 신기하면서도 대단해 보였고, 대견해 보이기도 했다.

"그래서 꿈만 같아. 너랑 같이 살게 된 것도, 두 분이 나를 인정해 준 것도, 지연이가 나를 인정해 준 것도, 전부."

이번 말은 좀 아련한 표정에서 나왔다. 현실이 아닌, 그 너머 이상(異象)의 세계 속 어딘가를 바라보며 하는 말 같았다. 지영은 그런 은재를 다시 현실로 돌리기로 했다.

"괜찮아. 꿈 아니야. 우린 이제 같이 이 공간에서 살 거야."

"…그래서 꿈같다는 거야, 바보야. 근데 또 그래서, 이 꿈같은 일 때문에 걱정도 돼."

"무슨 걱정?"

치익.

맥주를 한 모금 마신 지영이 묻자, 은재도 주스를 한 모금 마시고 대답했다.

"사람들이 알게 될까 봐. 아무래도 우리 사이는 평범하게 보긴 힘들잖아? 특히 우리나라는 더 그렇고."

"시선이 불안한 거야? 아니면 내 걱정을 하는 거야?"

"멍충아, 둘 다지. 내 남자는 너무, 너어무! 대단한 사람이잖아. 그것도 연기 쪽에서 말이야. 팬들도 엄청 많고. 근데 팬은 스타의 연애 생활에 아주 관심이 많고, 그것 때문에 떠나가는 사람도 많고. 그렇잖아? 그래서 걱정돼. 내 남자 앞길에 내가 방해가 될까 봐."

"음……."

지영은 그 말에 짧게 신음을 흘렸다.

그리고 고민이 됐다. 무슨 대답을 해줄까? 이 고민의 끝은 금방 찾아왔다.

"내가 그런 걸 신경 쓸 사람으로 보여?"

"아니, 너무 신경 안 써서 탈날 사람으로 보여, 흐흐."

피식.

"잘 알면서 뭘 걱정해?"

"또 그런 게 아니란다. 바부야, 나는 너의 여자잖아. 그러니까 너를 생각하는 게 당연하지."

그렇게 말하며 맑게 웃는 은재의 모습에 지영은 긴 해외 생활과 연기로 자신을 고단하게 만들고 있던 모든 게 날아감을 느꼈다.

'그래, 이 모습. 나는 이 모습을 보고 싶은 거야.'

걱정하는, 근심 있는 너의 모습 말고.

이러한 생각을 한 지영이지만 맥주를 또 한 모금 마시는 걸로 전부 숨겼다. 캔을 내려놓기 무섭게 다시 은재가 입을 열었다.

"그래서 내가 생각한 게 있다?"

"뭔데?"

"나도 그만큼 유명해지기."

"응?"

"지영이 너는 배우, 나는 소설가로 유명해질 거야. 대단한 내 남자한테 밀리지 않을 정도로 아주 유명해질 거야. 내 사인 받고 싶어서 안달 날 사람들을 수없이 만들 거야. 대단한 상도 많이 탈 거고, 돈도 많이 벌 거야. 그래서 나처럼 불쌍했던 아이들도 도와주고, 막 그럴 거야, 흐흐."

나처럼 불쌍했던, 이란다. 불쌍한, 이렇게 말하지 않은 이유야 뻔하다. 자기 자신이 지금 스스로를 불쌍하게 생각하지 않기 때문이었다. 누누이 말하지만 지영은 은재의 이런 모습이 참 좋았다.

그래서 대답하는 지영의 얼굴에는 은은한 미소가 감돌고 있었다.

"그래, 그거 좋네. 너는 할 수 있을 것 같아."

"그치? 호호, 만약 내 작품이 영화화되고 그러면 내 남자가 주연 맡아줘야 된다? 두세 번째는 몰라도, 첫 작품은 무조건 네가 해줘야 돼?"

들뜬 은재의 말에 지영은 가만히 고개를 끄덕였다. 그런 일이라면 설령 재미가 없더라도 찍을 생각이었다. 인맥이라고? 괜찮다. 지영은 은재를 믿고 있었다. 그녀가 앞으로 세상에 내보일 소설은 분명히 재밌을 거라고 말이다.

"나 사실, 이미 출판사에 원고 보냈다?"

어, 그런 소린 못 들었는데?

"진짜?"

"응, 호호. 너 오슬로에서 마지막 촬영할 때, 그때 퇴고 다 하고 보냈지."

"제목이 뭐야?"

"솔."

"솔?"

은재는 고개를 끄덕이더니 지연이가 그림을 그렸던 스케치북에 펜으로 '솔(捧)'이라고 적었다. 지영은 그 한자를 보고 잠시 생각을 했다.

'땅에 버리다?'

아마 그런 것 같았다.

"솔은 이름이야?"

"응, 주인공 이름."

"뭔가 스토리가 대충은 짐작이 된다."

"흐흐, 그렇지? 근데 또 그게 전부는 아니야. 나는 새드 엔딩, 배드 엔딩도 좋아하지만 첫 작은 해피 엔딩으로 결정했어. 슬프지만 아름다운 결말이야. 원래 이런 스포는 하면 안 되는데 내 남자니까 먼저 얘기해 준 거다?"

"하하, 그래. 고마워. 그리고 기대된다. 네가 오랜만에 쓴 소설."

"그렇지? 기대해도 좋아, 흐흐."

예술중도 단편 시, 소설로 들어갔던 만큼 은재의 소설가적 재능은 매우 뛰어났다. 옛날에 은재가 대회에 냈던 것들을 다 읽어봤을 때 더더욱 확실하게 느꼈다. 그런 은재가 5년의 넘는 시간이 지나서 세상에 다시 내보이고 싶은 소설, 솔. 지영은 솔직히 기대가 됐다. 하지만 어디까지나 원고가 좋은 평가를 받았을 때의 얘기라 그냥 응원만 해줬다.

"하암, 이제 졸리다. 시차 적응이 아직인가 봐."

"그래, 오늘은 이만 자자."

"응, 맞다. 근데 아까 그… 아니다. 잘 자."

"그래, 그 얘기는 나중에 해줄게."

"흐흐, 역시 내 남자. 눈치가 빨라서 좋아. 나중에 꼭 얘기해 줘야 돼? 그럼 나 진짜 들어간다."

은재는 그러면서 혼자 움직여서 방으로 들어갔다. 지영은 그런 은재의 뒷모습을 보다가 피식 웃고는 자신의 방으로 들어왔다. 그러곤 주머니에 있던 쪽지를 꺼냈다. 쪽지에는 또 딱 시간만 적혀 있었다.

24시.

시간을 보니 이제 11시가 조금 넘고 있었다. 지영은 다시 화장실로 가서 씻고 밖으로 PC를 켰다.

정치, 외교, 시사, 연예, 스포츠까지 세상 돌아가는 소식들을 확인하고 있다 보니 전화가 울렸다. 딱 24시. 칼 같은 타이밍이었다.

"네, 강지영입니다."

―부뚜막 주모입니다.

이번에도 역시 기계음 잔뜩 섞인 목소리가 들려왔다.

"네."

―노르웨이에서 있었던 일은 유감입니다. 또한 무사해서 다행입니다.

의미가 애매모호한 말에 지영은 그냥 짧게 다시 예, 라고 대답했다. 잠시 침묵 뒤, 본론이 바로 나왔다.

―큰 별의 안주인이 움직이기 시작했습니다.

"네?"

―큰 별의 안주인이 움직이기 시작했습니다.

"……."

그리고 그 본론은 한참 좋던 지영의 기분을 순식간에 수직 낙하, 급다운시켜 버렸다.

짜증이 왈칵 솟구쳤다.

하지만 지영의 눈빛은 한없이 냉정하게, 차갑게 가라앉고 있었다. 큰 별의 안주인. 누구인지 묻지 않아도 뻔했다.

'김은채의 새엄마.'

즉, 대성그룹 사장의 부인이다.

이미 김은채도 한 번 죽으려고 했던 전적이 있는 독사 같은 여자이기도 하다. 그것도 후계 문제로 말이다. 아직 자식이 열 살도 안 됐는데 벌써부터 이러는 걸 보면 진짜 만만치 않은 성격을 가지고 있는 게 확실했다.

"방법은……?"

─일단 강지영 씨 집 주변으로 사람이 깔리기 시작했습니다.

"……."

집 주변으로?

일단 집 주변은 안전하다.

지영이 고용한 경호 업체의 사람들이 먼저 들어와 있을뿐더러, 노르웨이에서의 테러로 '회사'도 바짝 긴장해서 실력이 좋은 회사원들이 지영을 가드 중이었기 때문이다. 그러니 김은채에게 쌍년인 큰 별의 안주인이 사람을 깔았다고 하더라도 이미 경호 업체와 회사가 곧 파악할 가능성이 높다.

부뚜막이 빠른 거지, 두 곳의 능력이 떨어지는 게 전혀 아니기 때문이다.

"몇 명이나 됩니까?"

─저희가 파악한 수는 대략 열 명 정도입니다. 하지만 지금 투입된 인원이 그 정도이고, 추후 더 투입될 가능성이 높습니다.

"감시입니까, 아니면 딴마음을 품은 겁니까?"

─확실치 않습니다. 의뢰 금액으로 파악이 가능하긴 한데, 비트코인으로 받아 추적이 어렵습니다.

"그렇군요. 그럼 투입된 이들의 실력은 어느 정도입니까?"

좀 전의 질문은 매우 중요한 질문이었다.

어중이떠중이들이 투입됐으면 그리 걱정하지 않아도 된다. 진짜 전문가들이 지영의 집을 이중 보호 하고 있기 때문이다. 하지만 투입된 이들도 전문가라면? 그럼 좀 문제가 된다. 전문가와 비전문가의 갭은 엄청나기 때문이다.

─전문가들입니다. 전부 특수부대 출신 이력을 가지고 있습니다.

"음……."

설마 했는데 역시나였다.

그런 이력을 알아내는 부뚜막의 정보력이 참 놀라웠지만, 지금 당장 시급한 문제에 지영은 집중했다.

"혹시 안주인이 내리는 명령도 알아낼 수 있습니까?"

─불가능합니다.

아쉽다.

가능하면 거기까지 알아낼 수 있었으면 좋았을 텐데. 하지만 확실히 안주인이 내리는 명령까지 알아내는 건 아무리 부뚜막이라도 무리가 맞았다. 다른 곳도 아니고 천하의 큰 별 안주인의 일이니까 말이다. 순간 지영의 머릿속으로 뭔가 훅 스쳐 지나가는 게 있었다.

'큰 별의 안주인은 어떻게 은재가 들어온 걸 바로 알았지?'

의문이 드는 순간 지영은 의심이 생겼고, 그걸 곧바로 꺼냈다.

"혹시 큰 별의 의뢰도 받습니까?"

─이중 의뢰는 절대로 받지 않습니다. 만약 큰 별에서 먼저 의뢰를 했다면 강지영 씨의 의뢰는 받지 않았을 겁니다. 하지만 강지영 씨의 의뢰를 먼저 받았으니 앞으로 큰 별의 의뢰는 강지영 씨가 의뢰를 끝내는 순간까지 받지 않을 겁니다. 이는 부뚜막의 이름을 걸고 약속할 수 있습니다.

단호하게 나온 그 말에 지영은 불쾌감이 섞여 있는 걸 알 수 있었다. 하지만 묻지 않을 수가 없었기 때문에 실수라고 생각하진 않았다.

"알겠습니다. 혹시 또 일이 있으면 바로 연락주세요."

─네, 그럼.

뚝.

용건이 끝나자 곧바로 전화가 끊겼다.

"후우."

한숨과 함께 침대에 앉은 지영은 생각에 잠겼다. 한국에 오자마자 골치 아픈 일이 생겨 골이 지끈지끈거렸다. 지영은 가드의 강도를 좀 더 강화해야 하나, 하는 생각까지 들었다.

'김은채의 팀도 주변에 있겠지만 그 정도로는……'

지잉, 지잉.

타이밍 죽인다.

딱 생각하는 중인데, 김은채에게 전화가 왔다.

"네."

―나야.

"알아. 무슨 일인데 이 늦은 시간에 전화했냐?"

사실 지영은 김은채가 왜 연락했는지 충분히 눈치채고 있었다. 그러자 피식 웃은 김은채가 특유의 날 선 목소리로 대답했다.

―내가 전화한 이유를 정말 몰라서 물은 거면, 대단히 실망할 거야.

김은채도 역시 알고 있었다.

지영은 김은채가 대체 어떻게 그리 빨리 정보를 입수하는지가 궁금했지만 어차피 물어봐야 대답 안 해줄 게 뻔해서 그 궁금증을 입 밖으로 꺼내진 않았다.

"알고 있어."

―그래, 그 정도는 돼야 은재를 믿고 맡기지. 대책은?

"그것까지 다 말해줘야 하나?"

―우리 사이에 신용이란 게 없잖아. 신뢰는 더더욱 없고. 네가 은재를 데리고 가는 걸 용납한 것도 너에 대한 신용, 신뢰

때문이 아닌 너의 능력 때문이야. 지구 반대편까지 보낸 은재를 찾을 수 있는 능력이 있으니까, 지킬 능력도 있다고 본 거지. 만약 우연으로 찾은 거였으면 넌 절대 은재를 못 데리고 갔어.

"……"

저 말은 정답이었다.

아직까지 둘 사이에는 앙금이 진하게 남아 있었다. 그러니 지영이 은재를 찾을 능력이 없었다면 김은채는 은재를 분명히 다른 곳으로 빼돌렸을 것이다. 김은채는 충분히 그러고도 남을 여자였다.

―말해두는데, 그 쌍년은 진짜 별의별 방법을 다 동원할 거야.

"어떤 방식으로 들어오는지 말해줄 수 있나?"

―미디어.

"미디어?"

지영이 미디어란 단어에 눈살을 찌푸렸다.

미디어(Media).

정보를 전달하는 매체를 말한다.

잡지, 메일, 방송, 신문, 언론 등등을 총괄해서 전달하는 걸 미디어라고 하는데, 지영은 이런 미디어에 그리 좋은 감정은 없었다. 이유야 당연히 어렸을 때부터 너무 질리게 겪어봤기 때문이었다.

그것도 좋지 않은 상황으로 말이다.

그래서 지영의 머리가 팽팽하게 돌아가는 와중에 김은채의 목소리가 다시 흘러들어 왔다.

—대성그룹 미디어 쪽은 어차피 내가 힘을 쓸 수 있으니 안심인데, 그년의 본가 쪽은 못 막아.

"본가?"

—파이브 스타.

"오성?"

—응, 알려지지 않았지만 그년은 오성 쪽 사람이야.

"……"

결코 흘려들을 수 없는 말이었다.

오성(五星).

다른 말로는 파이브 스타.

대한민국 넘버원 그룹이었다.

모든 분야에 계열사를 뒀고, 특히 휴대폰에서는 세계적인 수준의 기술력을 보유한 그룹이었다.

세간에는 외계인을 못해도 둘은 납치해 놓고 고문 중일 거라는 얘기가 나올 정도로 기술력, 자금력, 인력까지 모든 것을 갖춘 그룹이었다. 큰 별, 대성이 재계에서 탑급이라고는 하지만 오성은 그냥 넘버원이라 불러도 무방한 그룹이었다.

지영은 깨달았다.

김은채가 지금 엄청 힘겨운 싸움을 하고 있다는 걸.

그룹 간 전쟁이 어떻게 돌아가는지 지영은 잘 모른다. 하지만 아마 겉으로 드러나지 않는, 치열하다 못해 비열하기까지

한 수작들이 판을 칠 거라는 건 충분히 예상이 가능했다. 옛날에도 그랬다.

세도가, 종파끼리의 전쟁은 언제나 밀실에서 최초 모의됐고, 그 음험함의 수위는 상상 이상이었다.

이간질은 기본이요, 납치에 살인도 심심치 않게 일어났다. 그리고 그런 피 튀기는 전쟁의 승자와 패자는 아주 극명하게 갈린다. 이방원과 정몽주의 얘기 또한 이러한 권력 투쟁에서 승자와 패자가 어떻게 되는지 충분히 잘 알 수 있었다. 권력은 그래서 무섭다. 그걸 생각하면 김은채는 지금 사활을 걸고 있었다.

―무슨 말인지 알지? 예전보다 힘이 약해지긴 했지만 그래도 오성이야. 분명 며칠 내로 미디어 팀이 움직일 거고, 너는 물론 은재에 대한 얘기까지 사방에 까발려지게 될 거야.

"표적이 난가? 아니, 아니지."

정보의 비호를 받는 지영을 지금 건드려서는 결코 좋은 게 없었다. 오성이 그걸 모를 리가 없었다. 그런데도 건드린다는 건 분명 다른 이유가 있었다. 그것도 희대의 스캔들이 될 가능성이 높은 은재의 존재를 밝히면서까지 하는 이유가 말이다. 지영은 그것도 알 것 같았다. 대답은 김은채의 입에서 나왔다.

―우리 그룹의 입지, 그리고 강상만 검사 입지의 추락.

"대형 스캔들을 노리는군. 진로를 갈아타면서까지 말이야."

―맞아. 우리 아빠가 회장직에 올라가면 끝날 일인데, 안 거지. 그럴 가능성이 희박해졌다는 걸. 그러니 아예 깨버리는 거

야. 왜, 유명한 드라마 대사 있잖아?

"가질 수 없다면, 부숴 버리겠어."

지영이 태어나기 한참 전에 나온 드라마에서 나온 명대사였다. 지영은 대충 감이 잡혔다. 판이 어떻게 돌아가는지. 부뚜막도 아직 접근 못 한 정보지만 김은채는 내부인이다. 외부인보다 내부인이 관련 정보를 더 빨리 얻는 건 자명한 사실이었다.

하지만 관심은 딱 거기까지.

"진흙탕이 되겠군."

—응, 피로 범벅된 진흙탕 싸움이 될 거야.

김은채의 조용한 말은 지영이 여태껏 억누르고 있던 뭔가를 조용히 깨웠다. 그래도 다행인 건 옛날처럼 모르고 당하는 건 아니라는 점이었다. 알고 있으니 일단 부분적으로는 대처도 가능할 것이다.

지영은 지끈거리는 골을 손으로 지그시 압박했다.

—우리 쪽에서도 대응은 할 거니까, 너나 은재만의 싸움은 아닐 거야.

"그거 고맙네. 살다 살다 네 도움도 다 받게 되고. 역시 세상 모를 일이야."

—널 도우는 게 아니야. 은재를 돕는 거지. 뭐, 결과적으로 너도 같이 돕게 되는 거긴 하지만. 은재한테는 네가 전해줘. 마음의 준비 단단히 하라고.

"그래."

—상황에 따라서 따로 연락은 계속할 거야. 즉각 대응하려

면 네 의견도 필요하니 폰은 항상 옆에 둬.

그 말에 지영은 다시 한숨을 내쉬었다.

오늘부터 일주일간은 휴가다.

노르웨이에서 빡세게 촬영했기 때문에 류승현 감독이 모든 촬영 팀에 휴가를 준 것이다. 그러니 일주일간은 폰을 옆에 둘 수 있다. 하지만 그 이후부터는 무리였다. 지영은 촬영 중엔 절대 폰을 안 보기 때문에 지금 김은채의 말은 들어줄 수 없었다. 하지만 그걸 말하진 않았다.

뚝.

전화는 이미 끊겨 있었다.

답답한 마음에 담배라도 하나 피우려고 거실로 나간 지영은 멈칫했다. 냉장고 앞에 은재가 있었다. 물을 따라 마시던 은재는 지영이 나오자 잠시 놀랐다가 배시시 웃었다.

"목말라서. 아직 안 잤어?"

"응, 나도 목이 좀 말라서."

"음… 아닌 것 같은데?"

눈을 쪽 째리는 은재의 모습에 지영은 그냥 웃었다.

"진짜야. 진짜 목말라서 나왔어."

"흥, 믿어줄게."

지영은 은재의 휠체어를 밀어 다시 그녀를 방 안으로 데려다 줬다. 잘 자, 굿 나잇, 하며 이불 속으로 쏙 들어가는 은재에게 손을 흔들어주곤 밖으로 나온 지영은 담배를 꺼내 입에 물었다.

치익.

"후우……."

'얘기할 걸 그랬나?'

그런 생각이 들었지만 지영은 고개를 저었다. 아까 보니 컨디션도 그리 좋은 편은 아니었다. 시차 적응도 못 해 몸도 아마 천근만근 무거울 것이다. 게다가 아무리 임미정과 강상만이 잘 대해준다고는 하나, 아무리 각오는 하고 왔다고는 하나, 생활환경이 바뀌면 그에 따른 적응 기간이 필요한 법이다.

그러니 아직 얘기를 안 하는 게 맞긴 한데, 여유가 없었다. 김은채가 말한 것처럼 오성인가 한음인가 뭔가 하는 그룹에서 분명 미디어 공작을 시작할 게 뻔했다. 그 시기는 지영이 생각하기에 일주일을 안 넘길 걸로 예상됐다.

딱 휴가 기간이지만… 그래도 시간이 부족했다.

'내일 말해야겠네.'

은재도 마음의 준비를 할 시간이 필요하니 미안하지만 빨리 말해줄 수밖에 없단 생각이 들었다. 결정은 내린 지영은 다 피운 담배를 비벼 끄고 다시 방으로 들어와 잠을 청했다.

다음 날, 지영은 두 분이 출근을 하자 은재에게 할 말이 있다고 말하고는 거실에 앉았다.

"왜?"

"은재 네가 알아둬야 할 게 있어서."

"알아야 할 거?"

순진무구한 눈망울로 올려다보는 은재에게 지영은 어제 김은채와의 통화 내용을 알려줬다. 얘기를 듣다 보니 어느새 순진한 눈빛은 온데간데없이 사라졌고, 씁쓸한 눈망울이 그 자리를 대신 차지했다.

"……."

"……."

은재는 동요하지 않았다.

마치 올 게 왔다는 표정으로 주스가 담긴 유리잔만 응시하고 있었다. 그래서 침묵이 생겨났지만 지영은 그 침묵을 깨지 않았다. 본인이야 어제 이미 충분히 마음의 준비를 했기 때문이다. 입을 꾹 다물고 생각에 잠겨 있던 은재가 다시 입을 연건 5분쯤 지난 뒤였다.

"어머님이랑 아버님은 알고 계셔?"

그 질문에 지영은 고개를 저었다.

"아니, 아직 모르셔."

"이번 일 말고, 내가 대성그룹 사장의 사생아란 사실 말이야. 확실하게."

"그건 알고계실거야. 아버지는 애초에 알고계셨고, 어머니도 들으셨을걸."

"음… 그건 다행이네. 따로 설명드릴 필요는 없겠다. 우리 어제 얘기했던 거 있잖아? 그게 벌써 터진다, 하하."

은재는 그렇게 말하며 싱긋 웃었다.

안 그래도 어제 분명 이런 대화를 했었다. 자신의 존재가 지영에게 해가 되면 어쩌지? 은재는 그 부분을 염려했었다. 그런데 그 대화를 하고 하루도 지나지 않았는데 벌써 일이 터질 조짐이 보였다.

아니, 조짐 정도가 아니라 스탠바이, 준비 상태였다. 큐 사인만 기다리고 있었고, 사인이 떨어지면 바로 뻥! 하고 터질 것이다.

"사실 예상은 했었어. 어제 공항에서 너 인터뷰 중일 때 은채한테 연락받았거든. 맘 각오 단단히 하라고."

"그래?"

자신한테 말하라고 해놓고, 그녀는 벌써 은재에게 경고를 한 상태였다. 하지만 그건 그리 중요한 사항은 될 수 없었다.

"응, 네가 말해준 것처럼 디테일하게 얘기해 주진 않고, 그냥 한국 들어왔으니까 각오 단단히 하라고, 딱 그렇게만 말했어."

"……."

"걱정된다. 나 말고, 지영이 네가."

피식.

은재의 진심 가득한 말에 지영은 그냥 웃고 말았다. 은재는 역시 흔들리지 않았다. 근데 지영은 은재의 이런 모습에 반했으니 그리 신기할 것도 없었다.

"으이구, 그 얘기하려고 아침부터 그리 심각한 표정 짓고 있던 거야?"

"내가 그랬나?"

지영이 되묻자 은재는 고개를 작게 끄덕였다.

"내 남자인데, 표정 변화쯤은 금방 알아보지. 정확히는 어제 밤부터야. 물 마시러 나왔을 때 네 표정 진짜 별로였거든."

"……."

숨긴다고 숨겼는데 전부 숨겨지지 않은 것 같았다. 은재는 팔을 뻗었다. 지영은 일어나서 은재를 꼭 안았다. 따뜻한 온기가 느껴지며 새삼 함께하고 있다는 걸 느꼈다. 은재는 오히려 지영의 등을 토닥였다. 그러면서 조용히 귀에 속삭였다.

"걱정 마. 나 이런 일로 힘들어하고, 울상 지을 것 같았으면 한국에 오지도 않았어."

"그래, 내가 네가 누군지 깜빡했다."

"흐흐, 그치? 그보다 아버님이랑 어머님께도 얼른 말씀드려. 준비는 하고 계셔야 할 거 아냐."

"그러려고 했어."

안았던 팔을 푼 은재는 손뼉을 짝짝 쳤다.

"너는 얼른 두 분께 전화드리고 와. 나도 선정 언니랑 얘기 좀 하면서 어떻게 해야 할지 의논하고 있을 테니까."

"그래."

자리에서 일어난 지영은 폰을 들고 밖으로 나갔다. 밖으로 나가 담배에 불을 붙이기 무섭게 정순철이 다가왔다. 테러 때문에 다시 지영을 전담하게 된 정순철이었다.

"일찍 오셨네요?"

"하하, 벌써 오전 아홉 시가 넘었습니다. 그리 일찍은 아닙니다. 마침 잘됐습니다. 안 그래도 연락드리려고 했는데. 하하. 잠시 얘기 괜찮습니까?"

"네, 괜찮아요. 저쪽으로 가요."

마당 한편에 있는 벤치에 앉자 정순철도 담배를 꺼냈다. 이제는 둘이 같이 담배를 태우며 얘기를 나누는 게 그리 낯선 그림도 아니었다.

"후우, 집 근처로 수상한 사람들이 눈에 띄기 시작했습니다."

큰 별의 안주인이 보낸 사람들이다.

그리고 그걸 회사원들은 바로 파악해 냈다. 하긴, 이 정도도 못 했으면 오히려 지영이 실망했을 것이다. 하지만 지영은 내색하지 않았다.

"수상한 사람들이요?"

"네, 일반 시민으로 위장하고 있지만 저희 회사원들이 알아봤습니다. 몇 명은 저희 회사에 입사 지원서까지 냈던 사람들이더군요."

"입사 지원이라면……."

"군 출신들입니다. 특수부대 출신들은 전역하면 저희 회사에 이력서를 꽤나 많이 냅니다. 그리고 그들은 입사하지 못해도 전부 저희 데이터베이스에 저장됩니다."

"군 출신이 왜 저희 집 주변을 배회하죠? 한국군 출신들이잖아요."

"이유는 아직 파악하지 못했습니다. 아마 어딘가에 소속된 것 같은데, 지금 감청 프로그램과 추적 프로그램을 동시에 돌리고 있으니 조만간 소스 정도는 파낼 수 있을 겁니다."

"오래 걸리나요? 오늘도 오후에는 회사에 나가봐야 되는데."

"음… 오늘은 좀 참아주실 수 없습니까? 적어도 저녁까지는 소스를 딸 수 있겠다고 해서요."

오후라…….

사실 오후에 회사에 가서 상의할 게 있었다. 당연히 이번 일에 대해서였다. 넋 놓고 가만히 있을 상황이 아니었다. 지영에 대한 매스컴의 공격이 이미 대기 중이었고, 그 공격은 지영뿐만이 아닌 은재와 지영의 가족까지 엮어 들어가려 할 게 분명했기 때문이다. 그리고 작정하고 들어오는 공격인지라, 아주 끈질길 게 분명했다. 근데 또 끈질기기만 한가? 아주 더럽고, 치사한 방법까지 동원할 것이다. 대성의 안주인이 풀어놓은 사냥개들도 지영 본인보다는 은재에 아마 초점을 뒀을 것이다.

그러니 나가도 상관없긴 한데 이러한 사실을 아직 모르는 정순철이라 지영은 속으로 쓴웃음을 지었다.

'이걸 말해줄 순 없으니…….'

회사는 푸른 집의 명령을 받들어 오직 지영의 육체적 안전만을 케어해 준다. 그 외적인 것들은 해당 사항이 없었다. 이러한 건 이미 정순철이 지영에게 조용히 밝힌 사항이었다.

"알겠습니다."

지영은 나가는 걸 포기했다. 지영이 대답하자 고개를 끄덕이던 정순철이 잠시 멈칫했다. 그러더니 표정이 좀 굳었다. 힐끔 지영을 본 정순철이 손목에 시계에 대고 조용히 말했다.

"확실해?"

지영은 정순철이 무전을 받자 낯빛을 굳혔다.

정순철이 저렇게 표정이 변한 이유가 짐작이 갔기 때문이다.

"지영 씨?"

"네."

"혹시 택배 올 게 있나요?"

"확인해 볼게요."

지영은 바로 임미정에게 전화를 걸었다. 이 집에서 택배를 시킬 사람은 임미정밖에 없었고, 그녀가 없다고 한다면 올 택배는 없었다.

"네, 저예요. 아니요. 별일은 아니고요. 어머니, 혹시 오늘 택배 올 거 있나요? 아니면 뭐 인터넷에 주문한 거라도 있어요? 네, 네. 아, 알겠습니다. 아니에요. 번지수를 잘못 알았나 봐요. 아니면 전산상 뭔가 오류가 있었거나. 네, 걱정 마세요. 오늘은 집에서 푹 쉬려고요. 네, 저녁에 뵐게요. 네, 수고하세요."

뚝.

전화를 끊은 지영은 자신을 바라보고 있는 정순철에게 고개를 저었다. 임미정은 택배를 시킨 게 없다고 했다. 그런데 택배가 온다? 불순한 의도가 아주 다분히 섞여 있다고 봐야 했다. 정순철은 바로 시계에 대고 말했다.

"나야. 오늘 올 택배 없어. 커트해."

그의 말이 끝나고 1분도 지나지 않는데 밖이 소란스러워지기 시작했다.

"어, 어! 왜 이래요!"

"당신들 누구세요!"

"아, 저 택배 기사라니까요!"

"이, 임미정 씨 앞으로 택배 온 택배라니까요!"

택배 기사로 위장한 정체불명의 사내의 외침이 계속 들렸다. 하지만 몇 분 지나지 않아 소란은 조용히 사라졌다. 회사원들이 그 택배 기사를 제압한 것이다.

"택배 압수하고, 안에 뭐가 들었는지 파악해서 보고해. 혹시 폭발물일 수도 있으니 열기 전에 조심하고. 그래, 되도록 빨리 해서 보내고. 수고했어. 다시 위치로 가서 일들 해."

정순철이 무전을 끝내고 지영을 바라봤다.

"혹시 짐작 가는 부분은 없습니까?"

지그시 바라보는 눈빛에는 알고 있으면 말해달라는 뉘앙스가 강하게 담겨 있었다. 지영은 어찌할까 고민하다가, 그냥 오픈하기로 했다. 어차피 숨기고 있어봐야 빠르면 오늘, 늦어도 일주일 내로 은재의 정체는 만천하에 공개될 것이다.

"뭔가 알고 있군요?"

정순철은 역시 눈치가 빨랐다.

지영이 고민하는 순간 바로 무언가를 알고 있다는 것을 파악한 것이다. 지영은 고생하는 정순철, 회사원들을 위해서라도 말하는 게 역시 낫다는 생각이 들었다. 하지만 그 이전에 먼저 의사를 물어봐야 했다.

지영은 다시 폰으로 은재에게 전화를 걸었다. 신호가 몇 번 가기도 전에 은재가 전화를 받았다.

―여보세요?

"나야."

―어? 어디 나갔어?

"아니, 마당이야."

―근데 왜?

"은재야."

―응?

지영은 이어서 상황을 간략하게 설명했다. 그러자 잠시 침묵하던 은재가 안으로 들어오라고 하고는 전화를 끊었다. 화가 난 건 아니었다.

"들어가요. 들어가서 말씀드릴 테니까."

"음… 네."

정순철은 좀 놀란 기색이었다.

그도 은재가 지영의 애인이라는 건 알고 있었지만, 정체불명의 사람들이 집 근처에 깔린 게 지영 때문이 아닌 은재 때문이라는 걸 알게 되니 전혀 예상 밖이었기 때문이다.

안으로 들어가자 은재가 컵에 주스를 따라 쟁반 위에 올리고 있었다.

"내가 할게."

"응, 부탁해. 아, 안녕하세요."

은재가 앉아서 정순철에게 인사를 하자 정순철도 반갑게 그 인사를 받아줬다. 하지만 전보다는 어딘가 좀 어색해하는 게 있었다.

"밖에서 소란이 있었어요?"

대화는 은재가 풀어나가기 시작했다.

자신의 일 때문이니, 자기가 나서야 한다고 생각한 것 같았다.

"네, 그렇습니다."

정순철은 은재에게도 정중했다.

편하게 대할 법도 한데 나이로 사람을 대하기에는 정순철이 워낙에 된 사람이었다.

"저도 아침에 지영이한테 들었어요. 음… 어차피 밝혀질 일이니 솔직하게 말씀드릴게요. 그리고 지영이를 위해서 고생하시는 분들이니 제가 말씀드리는 게 예의일 것 같기도 하네요."

"……"

정순철이 가만히 고개를 끄덕이자 은재는 담담한 목소리로 자신의 신분을 설명했다. 사생아, 대성그룹, 사장 김조양, 그의 딸… 유은재. 그리고 왜 자신이 노르웨이에 가 있었는지, 왜 돌아왔는지, 공항에서 받은 김은채의 경고와 아침에 지영이 했던 매스컴 공격까지, 전부 얘기했다.

정순철은 그 얘기에 입을 떡 벌렸다.

은재의 말이 그만큼 충격적이었기 때문이다. 특히 목숨까지 위협당하고 있다는 대목에서는 입을 꾹 닫고, 매우 분노한 표정을 지었다. 다 듣고 난 그는 잠시 침묵하더니, 고개를 절레절레 저었다.

"지영 씨도 지영 씨지만, 은재 양도 정말 보통이 넘는군요.

그런 일을 겪고 나서도 이렇게 담담한 걸 보니⋯⋯."

"제가 원래 성격이 좀 무뎌서 그래요, 호호."

흐흐, 가 아닌 호호, 하고 접대용으로 웃는 걸 보니 은재는 아직 정순철이 많이 편한 건 아닌 것 같았다.

"알겠습니다. 이 부분은 제 파트가 아니라 정보가 좀 부족하지만 회사 상부에 연락해서 관련 자료를 좀 얻어보겠습니다. 그리고 걱정 마십시오. 저희 회사가 그래도 한국에서는 방귀 좀 뀝니다. 하하."

"감사합니다."

은재는 정순철의 너스레에 그냥 고개만 꾸벅 숙이며 인사를 했고, 정순철은 지영에게도 고개를 한번 끄덕여 주고는 밖으로 나갔다. 그가 나가고 은재는 지영을 빤히 바라봤다. 그러다 에효, 한숨을 내쉬었다.

"왜?"

"우리 참⋯ 파란 많은 인생인 것 같아서."

피식.

'파란(波瀾)이라⋯⋯. 은재랑 나한테는 딱 맞는 단어네.'

두 사람 다 이제 겨우 스물인데 굴곡이 아주 그냥⋯ 장난이 아니었다. 넘실넘실, 파도보다도 거칠었다.

지잉.

주머니 속에서 울린 폰을 꺼내보니 김은채에게 메시지가 와 있었다. 메시지는 딱 한 줄이었다.

[시작됐어.]

알고 있었기 때문에 뭐, 놀랍지도 않은 메시지였다.

오후 1시, 오성그룹 계열 미디어에서 강지영 '특집'이 방송을 시작했다. 시작은 특별할 게 없었다. 지영의 유년 시절부터 시작해서 지영의 일대기를 다루는 형태였다. 어떻게 알았는지 이정숙과의 일화까지 전부 알아내 방송에 고스란히 풀었다. 두루뭉술하게 다루는 것도 아니었다.

당시 지영이 이정숙이 성추행을 하는 걸 폰으로 담고, 그대로 달려 경찰서에 가서 신고한 것까지 아주 상세하게 다뤘다. 재밌는 건 그러면서 '의문'점을 만들었다는 것이다. 다큐 형태라 지영은 성장했다.

8살.

첫 데뷔작인 '제국인가 사랑인가'의 캐스팅 비화와 '숙'의 연기를 다뤘다. 여기서도 어떻게 여덟 살에 어떻게 저런 연기가 가능한 것인지에 대한 '의문'을 남겼다. 그다음은 '리틀 사이코패스'였다.

마찬가지였다.

도저히 아홉 살이 보여주기에는 불가능한 연기력에 대한 '의문'을 남겼다. 이정숙 테러 사건도 다뤘다. 여기서는 지영의 폭력성에 대한 '의문'을 남겼다. 그다음은 'Mushin: The birth of hero', '피지 못한 꽃송이여', 그리고 하이재킹 순으로 이어졌다. 물론 모든 부분에 의문을 남겼다. 그렇게 특집은 지영의 일대기를 보여주면서 끝났다.

그걸 보면서 지영은 오성이, 아니, 대성의 안주인으로 있는 그 여자가 진짜 엄청나게 준비를 했다는 걸 알 수 있었다. 다큐는 처음부터 지영을 까지 않았다. 오히려 조심스레 의문스럽다. 이렇게 표현함으로서 궁금증을 증폭시켰다.

또한 은재에 대한 얘기도 풀리지 않았다.

지영이 생각하기에 까먹은 건 절대로 아니었다. 오히려 나중에 빵! 하고 밝히려고 아직 숨겨둔 느낌이었다.

광고가 끝나고, 2부가 시작됐다.

1부에서 지영의 일대기를 다뤘다면 2부는 1부에서 남겨두었던 의문을 다뤘다. 그리고 그중 하이라이트는 붉은 눈의 사신에 대한 소문이었다. MC는 지영의 현재 사진과 중동 쪽, 특히 시리아를 중심으로 퍼진 붉은 눈의 사신에 대한 이미지를 구현해 놓고 비교했다. 아주 열성적이게도 현지까지 날아가서 직접 인터뷰를 한 내용도 있었다.

지영은 알 수 있었다.

지금 방영되는 다큐가 오성 혼자만의 작품이 아님을.

음모론.

세상에는 수많은 음모론이 있고, 이 음모론은 원래 사람들의 흥미를 끌어당기는 마력을 가지고 있었다. 타국의 사람들은 몰라도 한국의 국민들은 지영의 음모론에 서서히 흥미를 가지기 시작했다.

그리고 2부 마지막, 은재가 등장했다. 중학교 때 찍었던 사진들이지만 아예 프로필에 얼굴까지 예쁘게 까발려 놔서 누가 보더라도 사진은 유은재의 사진이었다. 강지영의 연인이란 타이틀을 가지고 3부에서 다루겠다고 하는 바람에 사람들의 흥미가 급속도로 몰려들었다. 2부 시청률만 해도 6% 정도였으니 이미 시선을 끄는 데는 충분히 성공했다.

다시 10분 정도 CF가 나가고 3부가 방송됐다.

3부는 시작부터 화려했다.

유은재와 김은채.

한 사람은 어렸을 적 부모에게 버려진 고아고, 한 사람은 대한민국 굴지의 그룹은 대성그룹의 사장 딸이다. 아직도 사라지지 않은 유명무실한 신분제도로 두 사람을 나눈다면 전쟁고아와 왕족(王族) 정도로 나눌 수 있었다.

그런 두 사람은 초등학교 때부터 둘도 없는 친구였다. 하지만 4학년 무렵 김은채가 정체불명의 집단에게 납치를 당했었고, 그 이후 사이가 멀어졌다고 적었다. 사실 이 부분은 크게 문제가 안 됐다. 하지만 곧바로 문제가 되는 부분이 터졌다.

유은재의 아빠는 현 대성그룹 사장인 김조양이라고 아예 대놓고 터뜨렸기 때문이었다. 그러니 유은재와 김은채는 배다른 이복 자매 사이가 된다. 하지만 두 사람의 관계가 문제가 아니었다.

유은재가 김조양의 사생아란 사실이 문제였다.

이게 주는 문제는 정말 엄청났다.

정계도 그렇지만 재계도 서로 간에 일정 선을 넘지 않았다. 이건 불문율이었다. 서로 물고 뜯기 시작하면 어차피 누가 이

기든 치열한 유혈사태가 벌어질 게 분명하기 때문이다. 그럼에도 오성은 대성의 치부를 터뜨려 버렸다.

검색어가 단숨에 유은재, 강지영, 김조양, 김은채, 대성, 오성 등으로 도배되기 시작했다. 이제는 검색어 장악이 불가능한 시대이기 때문에 오성 미디어에서 방송한 다큐는 엄청난 반향을 불러일으켰다.

그러면서 드라마가 하나 완성됐다.

대기업 사장의 사생아이자, 하반신 불수의 여인과 현재 가장 잘나가는 배우의 러브 스토리.

둘 다 배경이 장난이 아니었다.

여자 쪽은 사생아지만 굴지의 대기업 직계 혈통이고, 남자 쪽은 현 검찰총장의 아들이자 세계에서 인정받은 영화배우. 영화나 드라마 속에도 아주 자주 등장하는 설정인데 이게 현실에서 벌어져 버렸다.

그러면서 십여 년 전쯤에 유행했던 말이 다시금 급부상했다.

'이거 실화냐?'

풍파가 많아도 이리 많을 수 있을까 싶은 두 사람이 만나 서로 사랑을 한다? 웬만한 드라마보다 훨씬 더 흥미진진했다. 물론 이런 반응만 있는 건 아니었다. 대성그룹은 타격을 입었다. 그것도 엄청 큰 타격이었다.

임원진도 아닌 오너 일가의, 그것도 차기 회장이 유력한 총괄 사장이 젊었을 적 바람을 피웠다. 아니, 바람도 아니었다.

일탈.

룸 아가씨와의 하룻밤에서 유은재가 태어났다. 오성은 이것까지 전부 알아내서 그냥 그대로 터뜨려 버렸다.

그러니 김조양 사장이 받은 이미지 타격은 엄청났다. 연예인이 룸에 가도 욕을 먹는 세상인데 대기업 사장이 룸에 갔다. 그것도 딸인 김은채를 전처가 임신 중이었을 때로 밝혀졌고, 거기에 더해 하룻밤 원나잇까지 했다. 이 파장은 어마어마했다. 김조양의 회장 자리를 물거품으로 만들어 버릴 정도로 거센 공격이 이어졌다. 물론 그 공격은 오성과 선이 닿은 미디어 매체만 했지만, 워낙에 굵직한 미디어들이라 대성의 이미지는 물론 주가까지 쭉쭉 떨어졌다. 강지영 테러 이후 조용하던 한국이 다시금 폭풍우가 몰아칠 조짐을 보이고 있었다. 거기서 끝이 아니었다.

현재 유은재는 강지영의 집에서 기거한다는 사실까지 밝혀졌다.

법적으로는 성인이지만, 그래봐야 아직 어디가면 애 소리들을 나이 스물밖에 안 됐다. 이 또한 부정적으로 받아들여졌다. 그렇게 부당 1시간, 총 3부작. 고작 네다섯 시간 만에 대한민국이 발칵 뒤집어졌다.

*   *   *

"네, 괜찮아요."

─그려. 어휴, 넌 뭔 놈에 문제가 가시질 않냐? 허헛.

지영은 유해준의 말에 쓴웃음을 지었다.

"그러게요. 저도 진짜 궁금하긴 하네요. 대체 왜 저한테만 이러는지, 하하."

─허헛, 담금질이라 생각해. 그보다 깜짝 놀랐네. 은재 그 아가씨 신분이 그랬을 줄 누가 알았겠어? 넌 알고 있던겨?

"네, 알고 있었어요. 아버지가 넌지시 전해줬었거든요."

─아하, 총장님이시지? 그럴 수 있겠네. 내가 예전에 검사 역할 할 때 진짜 검사한테 들었는데, 웬만한 굵직한 일들은 검사들도 따로 정보통이 있어서 다 알고 있댜.

"아버지도 그러시더라고요. 아마 언론이나 정재계의 높은 사람들은 다 알고 있을 거라고요."

─그지, 그렇지. 그나저나 아가씨는 괜찮혀? 충격이 꽤 컸을 건데?

"저랑 비슷한 여자예요. 아주 단단해서 이 정도 일엔 그리 힘들어하지도 않아요."

─그건 그거 나름 무섭네? 어쨌든 다행이네. 그래도 잘 이겨내고 있다니. 근데 우리 영화는 어찌 되는겨? 류 감독 계속 통화 중이라 얘기 못 들었는데.

"아까 제가 연락드렸어요. 촬영은 그대로 진행하기로 했어요."

이 정도 일로 영화를 뒤집는다?

서소정의 꿈을 이어받은 지영으로서는 감히 상상도 못 할 일이었다. 그리고 이 정도로 멘탈이 흔들릴 지영도 아니었다.

―그려? 다행이네. 언 땅에서 그 개고생을 했는데 이대로 엎어지면… 어휴.

"걱정 마세요. 그런 일은 없을 테니까."

―내야 괜찮은데, 우리 주연님 걱정 땜시 그러지. 우리 강 배우가 중심인디, 허헛.

"하하, 정말 괜찮아요. 걱정 마세요."

―그려그려. 너무 신경 쓰지 말고. 촬영장에서 보자잉?

"네, 쉬세요."

―그려, 수고.

유해준과 전화를 끊은 지영은 주변을 슥 둘러봤다. 지영의 거실은 지금 엄청 소란스러웠다. 김지혜를 포함한 회사 직원들은 다 와 있었고, 기사가 터지자 임미정도 서둘러 급한 서류만 챙겨 집으로 들어왔다.

유선정을 포함한 유은재의 가드 팀도 들어왔다. 그리고 이 장소에 있을 거라고는 사실 예상도 못 한 인물도 찾아왔다.

김은채였다.

비서 한 명만 달랑 대동하고 찾아와 초인종을 누른 그녀는 당당하게 지영의 집으로 입성했다. 그녀의 등장에 거실에서 사태를 파악 중이던 모든 사람들이 얼어붙었다. 현 사태의 중심에 있는 네 사람 중, 한 명이 바로 김은채였다.

날카로움을 넘어 아예 쨔리기만 해도 베일 것 같은 눈빛을 한 김은채의 시선은 휠체어를 탄 은재에게 향했을 때, 골 때리게도 눈 녹듯이 사르르 풀렸다. 이어진 행동에는 모두 입을 쩍 벌렸다.

당당하게 다가간 김은채는 조심스럽게 팔을 벌려 아직도 놀란 눈의 은재를 살며시 안았다. 그러면서 흘려낸 한마디는 더 가관이었다.

"고생했어."

딱, 이 한마디.

그 말에 은재는 펑펑 눈물을 흘렸다.

참고 있던 게 터진 게 아닌, 김은채가 처음으로 동생으로 인정해 줬기 때문이었다. 김은채는 그렇게 은재를 챙기면서도 겉으로는 굉장히 사무적으로 대했다. 그런데 오늘은 달랐다. 입술을 꾹 깨물고, 참아왔던 감정을 터진 둑처럼 흘려내며 은재를 안아줬다. 그래서 은재는 울었다.

세상에 혈육 없이 혼자라 생각하다가 만난… 배다른 언니.

그러나 그 언니는 어느 순간부터 차갑게 대했다. 진실을 알았을 땐 아… 그럴 수 있겠구나, 생각했다. 그래서 챙겨주는 것만으로도 만족했다. 가족처럼 대해주는 건 꿈도 꾸지 않았다. 일전의 전화도 마찬가지였다.

언제나 자신을 대할 때 쓰던 그 차가운 말투로 용건만 전하고 끊었다. 그랬던 그녀가 오늘은 달랐다.

이제 세상에 알려져서 그런 걸까?

김은채는 은재의 언니가 되려 하고 있었다. 지영은 살면서 이런 광경을 보게 될 거라고는 정말 예상도 못 해서 좀 당황스러웠다. 그런 지영의 시선을 느꼈는지 은재와 얘기를 나누던 김은채의 시선이 휙, 돌아왔다.

"왜, 뭐."

"······."

그러나 역시 지영을 대하는 눈빛은 예전과 똑같았다. 물론, 지영의 눈빛도 마찬가지였다.

"그냥."

"할 말 있음 하고, 없음 휘휘."

저리 꺼지란 듯이 손으로 휘휘 하는 모습에 지영은 아랫입술을 지그시 깨물었다. 어쩜 저렇게 사람을 잘 건드리는지 신기할 정도였다.

띠링, 띠리링.

현관문이 열리면서 강상만이 들어왔다. 그의 등장은 거실에 있던 사람들을 일시에 멈추게 만들었다.

평소에는 온화한 그고, 여기 있는 사람들도 강상만을 자주 만나서 그리 어렵진 않은데도 모두가 멈췄다. 천하의 김은채도 슬며시 자리에서 일어났을 정도였다. 이유는 두 가지였다.

눈빛, 그리고 기세.

집안에 들어왔음에도 그의 눈빛은 검사(檢事)일 때의 눈빛과 똑같았다. 그래서 그가 풍기는 기세는 대한민국 조폭들도 벌벌 떨게 만드는 딱 그 기세였다. 너무 살벌해서 모두가 손에 들고 있던 폰을 조용히 내렸다.

슥, 슥.

두어 번 두리번거리던 강상만이 은재를 발견하곤 그쪽으로 걸음을 옮겼다.

똑바로 걸어 은재에게 고개를 끄덕여 준 강상만은 놀란 아내를 한번 안아주고는 바로 몸을 돌렸다.

"지영아."

"네."

"얘기 좀 하자. 위층 서재로 와라."

"네."

화가 난 강상만의 표정은 진짜 무시무시했다. 얼마나 살벌한지 강상만이 위로 올라가자 여기저기서 안도의 한숨이 흘러나왔다.

"역시 현직 검찰총장의 포스는 엄청나군요……."

안에 들어와 있던 정순철이 흐르는 땀을 손수건으로 닦으며 저도 모르게 한 말에 대다수가 고개를 끄덕였다. 지영은 은재에게 다가갔다.

"올라갔다 올게."

"응. 얼른 아버님한테 가봐."

은재는 웃고 있었지만 그 미소 속에는 미안함이 가득했다. 이 사태는 누가 봐도 자신 때문이라는 걸 알기 때문이었다. 지영은 임미정에게도 다가갔다.

"네 아빠 저렇게 화난 건 정말 오랜만에 본다."

"그죠? 살벌하시네요, 진짜."

"호호, 그렇지? 저런 모습이 멋져서 이 엄마가 잡은 거 아니겠니. 아빠 기다리시겠다. 얼른 올라가 봐."

"네."

지영은 앞치마를 매고 저녁 준비를 하는 임미정을 강상만처럼 한번 안아주고는 위로 올라갔다. 지연이 방 옆에 서재로 들어간 지영은 소파에 앉아서 담배를 태우고 있는 강상만을 볼 수 있었다.

집에서는 정말 웬만해서는 담배를 피우지 않는 강상만이다. 아니, 지영이 돌아오고 나서 끊었었다. 그런데 지금 강상만은 담배를 꺼내 태우고 있었다. 이건 그가 정말 얼마나 화가 났는지 보여주는 단적인 예였다.

"앉아라."

"네."

지영이 앉자 그래도 좀 진정이 되는지 강상만은 얼마 태우지 않은 담배를 껐다.

"물 가져올까요?"

"아니다. 그보다 이번 일, 알고 있었냐?"

"은채한테 들었어요."

"흠……."

"어제 저녁에 연락받고 말씀드리려고 했는데 이런저런 일이 자꾸 생겨서 타이밍을 놓쳤어요."

"그러냐. 오성이 개입했더구나."

"네."

지영은 순순히 고개를 끄덕였다.

사실 이런 기업 간 전쟁은 지영보다 강상만이 더욱 잘 알고 있었다. 옛날 방식이야 지영이 훨씬 더 잘 알지만 지금은 시대가 달랐다. 기업도 박살 내던 강상만이니 지영은 어쩌면 최고의 조력자가 가장 가까운 곳에 있는 게 아닌가 하는 생각이 들었다.

"은재 때문이지?"

"확실한 건 은채도 아직 파악 못 했어요. 원래는 은채와 은재를 직접적으로 노리려고 했던 걸로 알아요."

"직접적으로?"

"네, 은채한테 들은 얘기인데요. 그 새엄마라는 사람이 은채에게 암살 시도를 한 적이 있었대요."

"……."

꿈틀.

암살이란 말에 강상만의 얼굴에 균열이 일어났다. 그는 검사다. 죄를 지은 자를 법의 심판대에 세우는. 악을 경멸하고, 단죄하는 철혈의 검사가 바로 강상만이다. 그런 강상만에게 암살이란 단어는 결단코 용서할 수 없는 단어였다. 물론, 지영과 연관이 있는 단어라 더더욱 그랬다. 하지만 그는 흥분하지 않았다.

오히려 점점 눈빛이 지영처럼 착 가라앉아 갔다.

"이상하구나. 오성이 대성에게 작업을 걸 생각이었다면 이건 너무 과해. 이렇게 하면 김조양 사장이 그 부인을 쳐낼 가능성이 백 프로다."

"네, 저도 그렇게 생각하고 있어요."

바보 멍청이도 아니고 처가라 할 수 있는 오성 계열 미디어 그룹에서 이번 일을 터뜨렸는데 아무리 부인이라지만 가만히 둘까? 지영은 절대 그러지 않을 거라고 봤다. 솔직히 진짜 말도 안 되는 소리였다.

그런데, 그런데도 터뜨렸다.

김은채는 아까도, 어제도 말했다.

이번 작품은 그 쌍년의 작품이라고.

그래서 지금 김조양의 동생인 김조선이 그 의도를 파악 중이라는 얘기까지 넌지시 들었다.

강상만은 눈을 감고 곰곰이 생각에 잠겼다가 수분이 지나고 나서야 다시 입을 열었다.

"김은채 양이 키겠구나."

"네?"

"업계에 난 평판으로는 김조양 사장은 무능하진 않다. 하지만 유능하지도 않지. 딱 그 정도다. 현 상태로 대성을 유지할 순 있겠지만 그가 사장으로 있는 한 더 이상의 성장은 힘들다는 소리다."

"……."

지영은 가만히 고개만 끄덕였다. 이런 정보 정도는 이미 부뚜막에서 전부 알려줬기 때문에 지영도 알고는 있었다.

"하지만 미디어를 지배한 사장 김조선은 다르다. 그녀는 여제의 기질을 타고났지."

"그런가요?"

이것도 알고 있었다.

하지만 지영은 그냥 모른 척 되물었다.

그런 대답에 강상만은 지영을 빤히 보다가 피식 웃고는 말을 이었다.

"알 만한 사람들은 안다. 소유 지분은 김조양이 조금 더 많지만 그 정도는 김조선이 어떻게든 매울 수 있다는 걸. 그리고 결정적으로 김은채 양이 김조선의 품으로 갔지. 게다가 얼마 전에 그녀가 스무 살이 되면서 회장이 선물이라고 지분 오 퍼센트를 선물했다. 이걸로 박빙이 되어버렸어."

"그래서 오성은 김조양이 회장에 못 오를 거라고 판단한 거군요."

"그래, 아까도 말했지만 김조선은 여제다. 미디어계의 가장 큰손이지. 덩어리야 오성의 미디어 그룹이 크지만 국민의 신뢰는 대성의 미디어 그룹이 훨씬 더 낫다고들 하지. 그렇게까지 끌어올린 게 전부 김조선의 능력이다. 천부적인 운영 기질을 가졌어. 게다가 강단이 대단하지. 맺고 끊을 때가 확실하고, 나아가야 할 때와 멈춰야 할 때도 확실하게 알고 있어. 김조선이 회장이 되는 순간 오성은 바로 옆에 대성이 서 있는 걸 보게 될 거라고 생각한 거다."

"가질 수 없다면 부숴라……."

"맞다. 승산이 없는 게임은 아니나 아무리 시뮬레이션을 돌려봐도 이기지 못한다는 결과가 나왔을 것이다. 그러니 차라리 대성을 흔들기로 한 거지. 아마 이 정도가 끝이 아닐 거다. 회복 불가능의 타격은 못 줘도, 격차를 벌리기 위해서 오성은 최선을 다할 거야."

"이혼 수순은 이미 밟고 있겠네요."

"아마 그럴 거다. 오성은 어쩌면 이번 일에 엄청 공을 들였을 수도 있다. 그러던 차에 은재의 존재가 떡 하니 나타난 거다. 기회다 싶었겠지. 게다가 너까지 엮여 있고."

"음……."

"현 정부가 기업에 그리 친절하지 않다는 건 잘 알거다. 그러니 당연히 정부와 오성도 그리 사이가 좋지 않다."

"아버지도 걸었군요."

"그래, 맞다. 내 입으로 이런 말 하는 건 좀 그렇지만 은재의 신분이 어디 좀 유별나냐. 그러니 이런 저런 말을 만들어서 나, 너, 은재, 은채 양까지 죄다 엮어서 흔들겠다는 거지."

"지랄 맞은 인간들이네요, 진짜."

"하하, 그런 말도 할 줄 아냐?"

강상만은 여유 있는 웃음으로 지영의 말에 답했다. 그러자 지영도 씩 웃었다.

"저 욕 잘해요. 진짜 엄청 잘해요. 그냥 평소에는 안 할 뿐이에요. 그런데 이번에는 진짜 욕 안 하고는 못 베기겠네요."

"하하, 이해한다. 그래도 애비 앞에서는 좀 자제해라. 적응이 안 된다, 하하."

"네, 그럴게요."

"은재는 어떠냐?"

이제는 은재 양이 아닌, 은재라고 부르는 강상만이다. 그건 은재를 완전히 받아들였기 때문에 나오는 호칭이었다.

"은재 강해요. 어쩌면 저보다도 더요."

"그러냐?"

"네, 그래서 반했어요. 처음 봤을 때는 진짜 여려 보였는데, 어떤 상황에서도 냉정함을 잃지 않더라고요. 그게 참 대단했죠. 빛나 보이기도 했고요."

"중학생 때였을 텐데 참 별걸 다 느꼈구나, 하하."

"제가 어디 좀 조숙했어야죠, 하하."

두 부자는 기분 좋게 웃었다.

한 가정에 셋을 노리고 국내 넘버원 그룹이 전쟁을 걸었지만 조금의 흔들림도 없었다.

"이제 어쩔 생각이냐."

"아직은 생각 중이에요. 법적으로 문제가 되는 부분이 없어서 고소 이런 건 못 하겠고요. 그럴 생각도 없고요. 저는 은재와 저에 대한 것에만 집중 대응 할 생각이에요."

"그렇겠지. 아버지는 걱정 마라. 아무리 오성이라고 해도 아버지는 함부로 못 건드린다. 아마 조심스럽게 간을 보겠지. 그때 강하게 대응해 주면 아마 나는 거기서 끝날 확률이 높다. 뭐, 심하면… 나도 내 나름의 방어를 택하겠지."

"……."

말이 방어지, 강상만의 그 말은 꽤나 의미심장했다. 지영은 그래서 그 말에 꽤나 놀랐다. 사적인 일에는 결코 공권력을 사용하지 않는 사람이 갑자기 그 힘을 휘두르겠다고 하니 놀라지 않을 수가 없었다.

지영의 기색을 읽었는지 강상만이 씩 웃으며 말했다.

"가족의 일이다. 이깟 총장 자리보다 가족의 일이 난 더 중요하다."

"그래도 아버지가 그 자리에 계속 계셔야 저희 가족을 더 지키는 게 수월하지 않을까요?"

"음, 그것도 그렇구나. 하지만 걱정 마라. 선은 넘지 않을 테니까. 그리고 우리 검찰청에도 오성에 대한 것은 꽤 가지고 있다."

"진짜요?"

"그래, 대한민국 최고위 기관 중 하나가 검찰청이다. 이런 말하는 게 나도 그리 기분은 좋지 않다만, 내가 부탁하면 밑에 검사들이 알아서들 가져다줄 거다. 이번 일과 비슷하게 오성을 뒤흔들진 못하겠지만 골머리를 썩게 할 수는 있을 거다."

"덩어리가 큰 만큼, 부정부패가 많은 법이죠."

"그래, 그러나 난 내가 거기까지 가지 않기를 바란다. 어디까지나 그건 최후의 수단이다. 혹시 네가 서운해할까 봐 말해두는 거다."

"서운한긴요."

그 정도로 서운해할 것 같았으면 이 집에 있지도 않았다. 나가서 혼자 대처했지. 아니, 애초에 이런 대화를 나누지도 않았을 거다.

지영은 이렇게 생각한다. 가족이지만 반드시 양해해 줘야 할 영역이 있다고.

서 있는 장소가 다른 만큼 반드시 양해, 이해의 영역은 필연적으로 존재했다.

임미정이야 이제는 변호사 일을 그만두고 복지 재단 일에 힘쓰고 있지만 강상만은 공직자다. 그것도 최고위 공직자. 그러니 그는 움직임도, 언행도 항상 조심해야 하는 위치였다. 검찰총수다 보니 항상 중립에 서 있어야 했다.

지영은 이 부분을 아주 확실하게 이해, 인정하고 있었다.

"다행이구나. 역시 아들이 이해해 주는 것만큼 힘이 나는 것도 없다, 하하."

"전 언제나 아버지를 이해하고 있었어요. 걱정 마세요. 아버지가 결국에 공권력을 사용해 그들을 압박하고, 세인들이 그 일로 손가락질을 해도 전 아버지를 이해합니다."

"고맙구나."

강상만은 인자한 미소와 온화한 눈빛으로 지영의 머리를 쓰다듬으려다가 멈칫 하더니, 다시 내렸다.

"다 큰 아들이니 머리 쓰다듬는 것도 이제는 좀 그렇구나, 하하."

"네, 그건 좀 그렇긴 해요?"

하하하.

두 부자는 기분 좋은 웃음을 터뜨렸다.

똑똑.

노크 소리가 들리고 이어서 이번에도 예상 못 한 목소리가
들려왔다.

"저 김은채예요, 총장님. 고모가 총장님 바꿔달라고 하셔서
요."

"들어오세요."

끼익.

문을 열고 들어온 김은채가 지영을 힐끔 보더니 강상만에게
공손히 인사를 하고는 다가와 폰을 건네줬다.

"전 이만 일어나 볼게요."

"그래. 이따 다시 부르마."

"네."

일어난 지영은 조용히 뒤로 빠지는 김은채에게 슥 다가가 말
했다.

"어쩨 공손하다?"

툭 건드리자 대번에 날선 대답이 들려왔다.

"시끄러."

그 대답에 그러면 그렇지, 피식 웃은 지영은 방 밖으로 나왔
다.

"안 가냐?"

"아줌마가 저녁 먹고 가래."

"그래서 먹고 가게?"

"응."

"……."

지영은 그 대답에 말문이 턱 막혔다. 그래서 1층으로 내려가려던 걸음도 멈추고 김은채를 빤히 바라봤다.

"기분 나쁘니까 그런 눈깔로 꼬라보지 말아줄래?"

"왜 그러냐, 너?"

"뭘?"

흥! 콧방귀를 뀌는 김은채의 모습에 지영은 얘가 추위를 먹어 정신이 나갔나 싶었다. 지영이 아는 김은채는 절대 이런 캐릭터가 아니었다. 오만, 도도는 기본 옵션이고 주 옵션으로 싸가지, 독기, 악랄함, 비열함까지 죄다 갖춘 게 김은채였다.

황당한 눈빛으로 지영이 계속 바라보자 머리카락을 스윽 쓸어 넘긴 김은채가 턱짓으로 신호를 줬다.

"됐고, 할 얘기 있으니까 어디 마땅한 장소로 안내 좀 해봐."

"…밖으로 나가 있어."

"응."

김은채가 먼저 내려가 현관 밖으로 나가자 지영도 적당한 시간을 두고 따라 나갔다. 밖으로 나가자 김은채는 바로 손을 뻗었다.

"담배 좀."

"……"

미쳤나, 이게 진짜? 하는 마음이 절로 들었다.

"됐고, 할 얘기가 뭐야?"

"담배 좀 피우고. 안에 답답해서 죽는 줄 알았어. 아, 시원하다."

"……."

놀리는 건 아니었다.

원래, 원래 이런 성격이었다.

김은채에게 담배를 하나 주고, 하나 더 꺼내 자신의 입에 물고 불을 붙였다. 라이터를 빼앗듯이 가져간 김은채도 불을 붙였다.

"후우……."

새하얀 연기가 모락모락 피어올랐다. 그렇게 말없이 둘은 뻐끔뻐끔 금붕어처럼 담배만 피워댔다. 반쯤 피웠을 때였다.

"야, 너 은재랑 결혼해라."

느닷없이 김은채의 카운터가 훅 날아들었다.

지영은 순간 내가 뭘 들은 거지? 하는 마음으로 눈을 껌뻑거렸다. 그러자 김은채가 피식 웃었다.

"왜, 싫어?"

"…뜬금없이 뭔 소리냐?"

"은재랑 결혼, 싫으냐고."

"지금 그런 얘기가 왜 나오지? 때 되면 알아서 할 건데?"

"은재랑 너의 문제를 가장 빨리 해결할 수 있는 게 결혼이라서 그런다, 왜. 떫어?"

"……."

김은채의 대답에 지영은 눈을 가늘게 뜨고 그녀를 바라봤다. 그녀는 후우, 담배를 끄고는 품에서 케이스 하나를 꺼내 꽁초를 집어넣었다. 그러곤 손을 휙 휘둘러 지영이 손에 쥐고 있던 담뱃갑을 낚아채 갔다.

하지만 지영은 그런 그녀를 빤히 바라볼 뿐이었다. 지영은 지금 김은채가 꺼낸 결혼이란 단어에 꽂혀 있었다.

생각해 보니 김은채의 말이 맞긴 했다. 은재와 자신 사이의 모든 불만을 잠재우는 데 가장 확실한 건 역시 결혼이란 카드였다. 하지만 지영은 이내 고개를 저었다. 물론 은재와 결혼할 생각이었다.

만인(萬人)의 축복을 받지는 못하더라도 모든 상황이 안정되고 나서, 그러고 나서 생각해야 할 게 결혼이었다.

하지만.

'이렇게 쫓기듯이 결혼하는 건 아니지.'

벤치에 앉아 다리를 꼬고 있던 김은채가 지영이 고개를 젓는 걸 보고 쯔쯔, 혀를 찼다.

"별론가 보네?"

"너는 이 상황에 내가 은재랑 결혼했으면 싶냐?"

"아니, 내가 말했지만 그건 좀 별로긴 하지. 그래도 차차선책쯤 되는 것 같아서 말해봤어."

그렇게 대답한 김은채는 후우, 담배 연기를 오물거려 동그란 도넛처럼 뿜어냈다. 그런 김은채의 모습은 대기업 딸내미가 아닌 동네 양아치가 딱 어울렸다. 너무 어울려 이질감이 아예 제로였다.

하지만 지영은 그런 김은채의 모습이 익숙해서 별다른 감정이 들진 않았다. 지영이 앞에 앉자 김은채는 담배를 비벼 *끄곤* 꽁초는 다시 케이스에 담고 지영을 슥 올려다보며 말했다.

"이제 나랑, 은재, 그리고 우리 병신 같은 아빠에 대한 공격이 엄청나게 들어올 거야. 특히 은재는 엄청 심할 거야. 너와 총장님의 이미지도 깎을 생각일 테니 은재를 아주 천하의 쌍년으로 몰아가겠지."

사람 하나 천하의 나쁜 놈으로 만드는 건 미디어가 최고였다. 온갖 유언비어를 그럴싸하게 포장해 나포하고, 사람들을 고용해 그 유언비어에 동조하게 하고, 이러다 보면 어느새 사람들의 머릿속에 유은재는 강지영에게 못된 마음을 품고 꼬리친 천하의 쌍년이 되어 있을 것이다. 지영은 장담할 수 있었다.

유언비어란 정말로 무서운 계략이다.

옛날부터 유언비어를 베이스로 깔아 감언이설을 올리면, 정적(政敵)하나 쫓아내거나 사약을 내리는 건 일도 아니었다. 요즘 시대도 그렇다. 인터넷이 발달함에 따라 마녀사냥이 너무나 쉬워졌다. 왕따의 시작도, 요즘은 SNS부터 은밀하게 시작된다.

그런 이 시대에 힘 많은 놈이 작정하면 사람 고용해서 멀쩡한 사람 반병신 만드는 건 진짜 일도 아니었다.

"온갖 추악한 얘기들이 나돌겠지. 은재는 강해. 하지만 은재는 진짜 작정한 공격을 당해본 적이 없어. 그리고 하루 이틀도 아니고, 아주 은밀하게 적어도 한 달, 길면 몇 달, 최악의 경우 년 단위까지 이어질 수도 있어."

"……."

설마 그 정도일까?

생각하던 지영은 고개를 저었다.

그 정도일 거다.

그렇게 안 할 거면, 현 정부의 비호(庇護)를 받는 강지영이란 배우와 현 대통령의 총애와 신임(信任)을 받는 강상만 검찰총장을 건드릴 생각도 안 했을 것이다. 아마, 아니, 분명 끈덕지게 물고 늘어질 것이다.

"하아……."

"왜 겁나?"

"아니, 짜증 나서. 찢어버리고 싶을 만큼."

"뭐를, 오성을?"

"응."

진심이었다.

지영은 이렇게 대처할 수 없는 게 너무나 싫었다. 지영이 가진 힘은 꽤나 된다. 강지영이란 이름이 가진 힘은 상당한 언론 장악력도 있을 게 분명했다. 국제적으로도 마찬가지였다. TV, 라디오, 컴퓨터 등 인터넷이 되거나 미디어가 나오는 기기가 있는 곳이라면 강지영이란 이름 석 자는 누구나 알고 있을 것이다.

희망의 아이콘.

그게 세계인이 지영을 생각하는 키워드였다.

그것뿐인가? 부뚜막이라는 정보 세력과 연도 맺었다. 아무리 작은 국가라고는 하나 성장 폭이 무서운 대한민국의 현 정부가 지영을 보호해 주고 있었다. 거기에 강지영의 팬클럽만 해도 50만에 육박했다.

일개 개인에게 이러한 힘이 있으면 웬만한 기업은 손도 못

댄다.

하지만…….

"아서라. 아무리 부회장 구속 사건으로 이빨이 빠졌어도 십 년이 넘도록 넘버원을 놓치지 않고 있는 게 오성이야. 우리나 되니까 건드는 거지, 오성이 작정하면 너도 진짜 골치 아파진 다. 지금 오성이 진심 전력이라고 생각하진 마."

"……."

금력이나 뭐 이런 걸로는 당연히 오성에게 지영이 뭘 할 수 있는 건 없었다. 오성은 거대 그룹이고, 한국 내에서는 '제국'이 란 표현을 써도 조금도 부족하지 않았다.

"우리 미디어 그룹도 일단 스탠바이는 하고 있으니까, 혼자 설치지 말고 좀 기다려. 너는 나중에 움직여도 충분하니까. 그 때까지 은재나 잘 보살펴 줘. 흔들리지 않게. 알지? 은재 많이 힘들었어. 이제 그만 힘들어도 돼."

"누구 때문에 지금 은재가 힘든 건데 그런 말을 하냐?"

피식.

지영의 대답에 웃은 김은채가 머리를 슥 쓸어 올렸다.

입가에 걸려 있는 미소는 꽤나 자조적이었다.

"그러게. 내가 뭔 말을 하는 거니. 이 모든 일의 발단은 우린 데. 쨌든… 우리, 우리… 은재. 잘 부탁해."

"……."

마지막에 그 말은 좀 머뭇거리면서 나왔다. 천하의 김은채의 입에서 저런 말이 나오다니……. 지영은 진짜 너무나 적응이 안 됐다. 그래서 지영은 그냥 고개만 끄덕였다. 지영의 소리 없는 대답을 들은 김은채가 다시 피식 웃었다.

띠링.

그리고 현관문을 열고 20대 중반의 미모의 아가씨가 밖으로 나왔다. 김은채의 비서였다.

"아가씨, 사장님이 지금 바로 들어오시랍니다."

말투가 진짜 딱딱했다.

늘씬하고 호리호리한 체형이지만 지영은 단박에 알아봤다. 딱 봐도 제대로 된 무술을 수련한 여인이라는 것을. 지영을 바라보는 눈빛에는 호기심, 아니, 호승심도 살짝 섞여 있었다. 아마 지영에 대한 정보를 김은채의 옆에 있다 보니 접해본 것 같았다.

"그래? 아깝네. 저거랑 한 테이블에서 식사 한번 해줬어야하는데."

피식.

그 말에 이번엔 지영이 웃음을 흘렸다.

그래, 그렇게 말해줘야 김은채지, 하는 생각을 하면서 지영도 입을 열었다.

"밥맛 떨어지는 헛소리는 그만하고. 오라잖아? 가라."

"…역시 넌, 마음에 드는 구석이 하나도 없다."

"누가 할 소리를."

처음부터 빡치게 한 게 누군데? 지영의 머릿속으로 적반하장이란 단어와 내로남불이란 단어가 순차적으로 떠올랐다 사라졌다. 비서가 준 코트를 입은 김은채에게 비서가 다시 말했다.

"안에 계신 분들에겐 설명드리고 왔습니다. 바로 가셔도 됩니다."

"그래? 잘했어. 야, 간다."

그 말에 지영은 가라, 짧게 대답해 줬다. 김은채가 떠나자 지영은 바로 몸을 돌려 집 안으로 들어갔다.

*   *   *

김은채의 말은 사실이었다.

첫날의 공격은 애교라고 생각될 정도로 다음 날 넷 세상에는 화끈한 불이 붙었다. 타깃은 유은재였다. 지영이 생각했던 것처럼 온갖 유언비어가 생성됐고, 유포됐다. 그리고 그 글에 동조하는 이들이 하나둘씩 생겨났다. 그러더니 눈덩이 구르듯 어마어마한 숫자로 늘어났다. 그들은 유은재를 매도했고, 그런 유은재에게 넘어간 강지영을 비판했다.

더러운 사생아라 손가락질했고, 더러운 사생아 주제에 감히 강지영의 여자가 됐다고 이죽거렸다.

지영에게도 화살이 넘어왔다.

그 화살에 걸려 있는 비판의 주제, 단어들은 정말 참기 힘든 수준이었다.

저런 다리병신이 대체 뭐가 좋은 거냐? 정도는 애교였다.

차마 입에 담기 어려운 강도의 모욕적인, 치욕적인 발언들이 섞여 있었다. 이는 눈살을 찌푸리게 만들었지만 웃기게도 유은재의 존재 때문에 묘하게 수긍하는 이들이 생겼다.

세상은 진보한다.

아니, 진화한다.

대한민국도 마찬가지였다.

국가의 정체성도, 도덕성도, 같이 성장했다.

그러나 아직까지 성장하지 못한 부분도 확실히 있었고, 그건 바로 몸을 파는 아가씨, 그런 아가씨에게 태어난 딸, 장애, 등등등… 이런 부분은 아직까지도 사회적으로 확실하게 인정받지 못했다.

그런데 유은재는 그 모든 걸 갖추고 있었다.

그런데 그 모든 걸 갖추고도, 강지영의 연인이 됐다.

심지어 함께 산다고까지 하는 기사가 나오자 허탈감에 젖은 사람들까지 생겨날 정도였다. 지영의 팬클럽, 소정도 움찔했다.

김지혜가 나서서 팬클럽 카페 회장과 얘기를 나눴고, 팬클럽 차원에서 대응하지 말아줬으면 한다는 메시지를 전해줘서 그냥 조용히 있지만 탈퇴하는 사람들의 수가 눈에 띄게 늘어나고 있었다.

그만큼 연예인에게 스캔들이란 확실히 약점으로 작용했다. 하지만 강지영은 움직이지 않았다. 마치 폭풍의 핵처럼 조용히 침묵을 유지했다.

유은재는? 당연히 유은재도 조용했다. 대신 대성의 미디어 그룹에서 오성과는 전혀 다른 얘기들이 풀리기 시작했다. 그들은 반대로 은재를 포장했다.

힘들게 살아온 점을 이용해 동정심을 유발했다.

또한 왜 노르웨이라는 먼 곳으로 갔어야만 했을까? 그 이유를 마치 서프라이즈에서 잘 사용하는 음모론처럼 포장해 내보냈다.

암살.

현 대한민국에서는 있을 수 없는 일이 음모론의 주체였다. 그러면서도 유은재라는 여인이 가진 성격, 재능 또한 같이 내보냈다. 여기서 재미난 일이 벌어졌다. 유은재가 출판사에 보낸 '솔'의 원고는 빠르게 통과됐고, 시중에 풀렸다. 정말 초스피드로 며칠 만에 뚝딱! 하고 세상에 나갔다.

오성에서 유은재를 신나게 까버린 덕택에 아주 제대로 노이즈마케팅(Noise marketing)이 되어버렸다. 몇 사람이 보기 시작했고, 후기가 달렸다. 근데 그 몇 사람이 넷 세상에서는 상당한 거물 블로거들이라 금세 유인재가 낸 '솔'에 대한 얘기가 퍼져 나갔다. 물론 이 후기들은 대성의 작품이었다.

하지만 상관없었다.

솔은 재밌었으니까.

소녀, 솔(摔).

동생들과 함께 버려진 솔이 살아가는 이야기가 차분하고 담담하게 담긴 360 페이지짜리 소설은 순식간에 핫해졌고, 검색어를 장악하기 시작했다. 물론, 검색어 장악도 대성의 작품이었다. 유은재란 여성이 가진 재능이 인정받기 시작했다. 이는 아주 작은 변화였지만 앞으로 긍정적인 이미지 변화를 꾀하기 위한 포석이 될 것이다.

대성, 아니, 김은채는 다음으로 강지영에 대한 것을 내보냈다. 지영이 사회 복지 재단을 운영 중이고, 그 규모와 여태껏 도움을 받은 아이들이 몇 명인지, 또한 과거 일제강점기 시절 독립 자금을 댔던 은정백화점을 알고는 무보수로 전속 모델을 서줬던 것, 그 결과 은정백화점이 기사회생하게 되었다는 것까지 내보냈다. 그 결과 지금 은정백화점에서 상당한 금액을 받지만 그 모든 걸 복지 재단을 통해 힘든 아이들을 돕기 위해 쓰고 있다는 것까지…….

이러한 사실이 그 금액, 규모, 선별, 신청 방법 등 아주 상세하게 보도됐다. 그 결과 강지영의 이미지는 순식간에 수직 상승 해버렸다. 그다음은 지영의 순애보였다. 한 사람을 가슴에 담은 과정, 그의 인생이 끝날 뻔했던 사고, 천운과 함께 되돌아와서 다시 그 사람을 찾았던 과정, 재회, 그리고 한국으로 같이 귀국하기까지 대성에서는 조미료를 상당히 맛깔나게 친 다음 언론에 내보냈다.

이 역시 좋은 반응을 얻었다.

그리고 어렸던 중학생 시절 지영이 은재와 함께 웃고 떠드는 모습이 담긴 사진들이 당시 동창생들의 계정에서 쑥쑥 세상에 태어났다. 가식이라고는 하나도 없는 모습들. 그리고 증언들까지. 두 사람의 이야기는 그렇게, 아름다운 순애보로 조금씩 탈

피하고 있었다. 너무나 치열해서 흥미진진하기까지 한두 그룹 간의 전쟁이 이어지는 가운데 일주일이 순식간에 지났다. 일주일은 지영에게 주어진 휴가 시간이었다.

자신의 얘기 때문에 세상이 이리 시끄러운 가운데, 지영은 촬영을 위해 서울 광화문에 등장했다.

그리고 그런 소식은 아예 9시 뉴스를 통해 전날, 알려졌다.

Chapter49
촬영 재개

광화문(光化門).

　대한민국의 수도 서울의 대표적인 랜드 마크 중 한 곳으로 언제나 수많은 관광객들로 붐비는 곳이 바로 광화문이었다. 그런 광화문에 오늘은 훨씬 더 많은 사람들이 몰려들었다. 외국인, 내국인 할 것 없이 라인을 쳐놓은 곳 밖에서 '테러리스트'의 촬영을 준비하는 모습을 지켜봤다.

　"워……."

　회사 사람들과 함께 도착한 지영은 구름같이 몰려든 인파에 질린 얼굴이 됐다. 어젯밤에 뉴스를 봤기 때문에 좀 모일 거라고는 생각했지만 이렇게 많은 사람이 몰릴 거라고는 지영도 전혀 예상하지 못했다.

"우리 저기 들어갈 수 있을까……?"

한정연의 말에 이성은도, 김지혜도 격하게 공감하는지 크게 고개를 끄덕였다. 물론 지영도 거기에 포함되어 있었다. 폰을 꺼낸 지영은 유해준에게 전화를 걸었다. 신호음이 잠시 가더니 익살맞은 그의 목소리가 들려왔다.

ㅡ여, 강 배우.

"형님 어디세요?"

ㅡ나? 대기 천막 안이지. 왜, 도착했어?

"네, 건너편에 도착했는데 이거 참… 어떻게 들어가야 할지 모르겠어서요."

ㅡ그냥 경호원들 호위… 아니지. 괜히 그러다가 탈 나면 또 엄한 소리 나오지.

"하하, 네."

유해준의 말처럼 지영은 경호원을 엄청 많이 대동하고 광화문에 왔다. 하지만 그들의 경호를 받으며 뚫고 들어가다가 무슨 사고라도 나면 언론이 또 가만히 안 있을 것이다. 그리고 지영의 추락을 노리는 오성에서 분명 사람을 썼을 가능성이 높다고 아침에 출근 전 강상만이 얘기를 해주고 갔다.

지영도 그 말에는 공감했다.

분명 트러블을 만들려고 사람을 썼을 것이다.

이런 공작은 돈만 있으면 일도 아니었다.

ㅡ음, 어쩌지? 변장이라도 하고 들어와야 되나?

"아직 시간 있으니까 좀 생각해 보고 들어갈게요."

─그려그려. 나 안에 있으니까 바로 일로 오고.

"네."

전화를 끊은 지영은 에휴, 한숨을 내쉬었다.

유명해진다는 것은 배우로서는 당연히 바라마지 않아야 할 일이다. 왜? 배우는 인지도로 먹고 살기 때문이다. 아무리 연기력이 뛰어나도 인지도가 없어 작품을 못 하면, 그건 배우라고 할 수가 없었다. 그러니 지영의 상황은 분명 좋아해야 할 일이긴 한데… 그게 되질 않았다.

"제가 소정에 연락해 볼게요. 혹시 이미수 회장님이면 방법이 있을지도 몰라요."

"부탁할게요."

김지혜가 차에서 내려 한 5분간 통화를 하더니 다시 운전석에 올라탔다. 표정이 밝은 걸 보니 얘기가 잘된 것 같았다.

"이미수 회장님이 도와준대요. 회원들이 따로 길을 만들어서 연락 준다고 하니 조금만 기다리면 될 거예요."

"휴우."

지영은 물론 차에 타고 있던 모두가 안도의 한숨을 내쉬었다. 그들은 자신의 담당 연예인이 이렇게 인기가 많은 건 좋지만, 그래서 항상 트러블이 끊이지 않으니 오늘도 뭔 일이 터지는 건 아닐까 노심초사했었다. 그런 마당에 팬클럽에서 도와준다고 하니 마음이 한결 편해진 것이다.

그건 지영도 마찬가지였다.

들어가서 감사 인사를 전해야겠다고 마음먹고는 눈을 감고 연락을 기다렸다. 20분 정도 기다리자 다시 김지혜에게 전화가 왔다. 김지혜가 동선을 숙지하자 지영은 모자를 푹 뒤집어쓰고, 후드도 뒤덮어쓴 다음 차에서 내렸다. 김지혜가 앞장섰고, 줄줄이 그녀를 뒤따라갔다. 그녀를 따라가자 사람 한 명 정도 통과할 수 있는 길이 마련되어 있었다. 하도 사람이 많이 몰려 지나가면서 계속 부딪쳤지만 그들은 지영에게 어떠한 터치도 하지 않았다. 오히려 힘내요, 파이팅! 작게 지영을 응원해 줬다.

지영은 그런 팬들의 마음에 슬며시 웃을 수 있었다. 그러면서 속으로는 서소정이 이 모습을 봤으면 얼마나 뿌듯해했을까 하는 생각이 들었다. 그러자 짓고 있던 미소에 쓴맛이 스며들었다.

그렇게 이리저리 부딪치면서 광화문 안으로 들어섰다. 그러자 몇몇 사람이 지영을 알아보고는 손가락질하며 소리쳤고, 갑자기 '와아!' 하는 함성이 울렸다. 지영은 그냥 조용히 가려다가 그 함성에 천천히 걸음을 멈췄다.

반가움. 스타를 향한 팬의 환호성이었다.

그런 걸 듣고도 그냥 가는 건 모인 사람들에 대한 예의가 아니었다. 후드를 벗고, 모자도 벗고 지영은 등을 돌렸다.

"와아!"

"강지영!"

"강지영!"

무슨 정치인이 연설하러 나온 것도 아닌데 이런 환호성을 듣자 좀 얼떨떨해졌다. 그러면서 왜 하필이면 광화문을 촬영장으로 잡았을까, 약간의 후회감도 들었다. 지영은 손을 흔들어주고, 인사를 각 방향마다 고개 숙여 인사하고는 스태프의 안내에 따라 간이로 쳐놓은 대기실로 들어갔다.

"여, 강 배우. 왔어?"

"안녕하세요. 좀 늦었습니다."

배우들에게 인사를 하자 그들은 손을 흔들어줬다.

"안녕하세요, 선배님!"

쪼르르 달려온 한사랑이 지영에게 허리를 숙여 인사를 했다. 헤실헤실 웃는 낯을 보고 있자니 지영은 웃음이 나왔다. 한사랑은 원래 이런 성격은 아니다. 그걸 지영은 잘 알고 있지만 다른 배우들도 많으니 그냥 받아주기로 했다.

"네, 안녕하세요. 잘 지냈죠? 오랜만에 봬요."

"네! 잘 지냈습니다! 그런데요, 선배님. 저… 질문 하나만 해도 될까요?"

"하세요."

"그… 좀 곤란한 질문인데 괜찮아요?"

대충 무슨 질문인지 감이 왔다.

하지만 지영은 뭐 이미 사방팔방 다 까발려진 마당이라 크게 신경 쓰지 않는 상태였다. 지영이 고개를 다시 끄덕이자 한사랑은 우물쭈물 입을 열었다.

"그… 정말 그분 선배님 여자 친구예요?"

역시나.

지영은 고개를 끄덕이며 대답했다.

"은재 말하는 거죠?"

"네, 저희 멤버 친구가 꼭 물어봐 달라고 해서요……. 걔 지금 울고불고 장난 아니거든요. 헤헤. 사랑이 떠나갔다나 뭐래나……."

"푸핫!"

유해준은 그 말이 웃겼는지 무릎을 치며 박장대소를 했다.

"이거, 이거, 강 배우, 벌써부터 처자들 울리면 어쩌자는겨?"

"하하, 그러게요."

지영은 가볍게 웃으면서 유해준의 말에 대답해 주고, 다시 한사랑의 질문에도 대답을 해줬다.

"맞아요. 제 여자 친구."

"아… 그럼 혹시 그분이 솔의 저자도 맞아요?"

"네."

"와……."

쪼르르 뒤돌아 달려갔던 한사랑이 가방에서 책 한 권을 꺼내 왔다. 은재가 쓴 소설, 솔이었다.

"저 그럼 사인 좀 받을 수 있을까요……?"

"아쉽게도 은재는 지금 집에 있어서 그건 힘들지 않을까 싶은데요?"

"아……."

그 말에 금세 시무룩해지는 한사랑에게 나중에 회사로 보내줄게요, 하고 대답해 준 뒤 유해준의 옆으로 가서 앉았다. 장소가 협소한지라 오늘은 개인 대기실이 없어서 이렇게 다 안에서 기다려야 했다.

촬영 스타트 시간도 아직 2시간이나 남아 있었다. 그럼에도 지영이 일찍 온 이유는 일주일간 무뎌진 현장감을 다시금 세우기 위해서였다.

"밖에 장난 아니던데? 무슨 월드컵 사강 다시 올라간 줄 알았어, 허헛."

"그러게요. 저도 놀랐습니다. 어제 아홉 시 뉴스로 스케줄 나간 게 컸나 봐요."

"언제나 논란의 중심에 서 있는 우리 강 배우. 캬아, 참 대단허다, 대단혀."

"제가 바란 건 아닙니다?"

"그거야 그렇지. 세상이 널 가만두지 않는 거지."

유해준은 지영의 어깨를 힘내라고 툭툭 쳐줬다.

"조용히 연기만 하고 싶은데, 참 힘드네요."

지영의 투덜거림을 허헛, 특유의 웃음을 흘린 유해준이 받았다.

"그냥 받아들여. 내가 보기에 지영이 너는 이 세상 그 어떤 트러블 메이커보다도 험난한 삶을 살 것 같으니께."

"끙, 그렇겠죠?"

"그럼! 그걸 말이라고 하나? 대체 어떤 배우가 니가 겪었던 일을 고작 십 년도 사이에 경험해 봤겠냐?"

"……"

유해준의 말이 심히 공감이 갔다.

연기 인생은 그렇다 쳐도 하이재킹은 정말 최악이었다. 그리고 살아 돌아온 것까지, 돌아와서는 또 그들의 표적이 된 것도, 돌아왔더니 세계에서도 알아주는 대기업이 지랄을 하는 것까지, 정말 뭐 하나 평범한 게 없는 일이 계속해서 연달아 지영에게만 벌어지고 있었다. 이전 생도, 그 이전 생도 물론 평탄치는 않았지만 이번 일천 번째 생만큼은 아니었다.

'폭군 이건의 삶과 임은이, 그 외에 몇 개의 삶이 진짜 지랄맞긴 했지만 확실히 이 정도는 아니었지.'

쓴웃음이 절로 나왔다.

어디로 자신을 보내려고 이렇게 운명이 요동치는지, 끝나지 않는 인생 항해의 끝은 존재하긴 하는 건지도 의문이었다.

스태프가 들어와 몇몇 배우의 스탠바이를 알렸다. 오늘 광화문은 주로 회상 장면에 많이 사용될 신을 촬영해서 배우들이 거의 전부 와 있었다. 지영의 순번은 마지막이었다. 신도 가장많고, 분량도 길기 때문이었다.

"갔다 오겠습니다!"

"파이팅 혀!"

한사랑이 일어나 꾸벅 인사를 하고 밖으로 나갔다. 임수민도 감정 조절이 끝났는지 느릿한 걸음으로 밖으로 나갔다.

"우리도 나가서 좀 볼까? 어차피 시간도 많은데."

유해준의 말에 지영은 고개를 끄덕이곤 모자를 뒤집어썼다. 밖으로 나가니 스탠바이가 거의 끝났는지 스태프들이 열심히 몰려든 시민들에게 양해를 구하는 모습이 보였다. 하도 많은 인파가 몰려들어 의경들까지 투입된 걸 보고 지영은 앞으로 웬만해선 이렇게 탁 트인 곳에서 촬영하지 말아야겠다고 생각했다. 이유야 의경들에게도 미안했고, 촬영에도 문제가 되고 있었기 때문이다.

"한사랑이 쟤, 확실히 배역을 바꾸길 잘했어."

유해준이 다른 조연 배우와 대사를 맞춰보고 있는 한사랑을 턱짓으로 가리키며 한 말에 지영도 고개를 끄덕였다. 연기력이야 이미 드라마를 통해 나쁘지 않음이 증명됐지만 영화는 또 다른 법이다.

"앵글에 담기는 비주얼이 장난 아니던데요?"

"그지? 지금이야 비주얼 배우 소리 듣겠지만 노력만 하면 충분히 대성하고도 남겠어."

한사랑의 배역은 바뀌었다.

본래는 주연급에서도 거의 가장 적은 분량이었다.

그녀는 극 중 석훈의 딸 역할로 나올 예정이었다. 하지만 한사랑의 연기력이 너무 아까워 한사랑의 딸을 아예 어린 나이의 아역으로 바꾸었고, 본래 없던 배역을 다시 만들어냈다. 이 부분은 정말 류승현 감독의 노력이 엄청 많이 들어갔다. 임수연이 보통 시나리오 수정 쪽으로는 거부감이 상당히 심했기 때문이다. 그래서 지영까지 부탁해서 겨우 국정원 요원 은수를 만들어냈다. 그리고 지금 한사랑은 충분히 제 역할을 하고 있었다.

깔끔한 정장 차림의 은수는 차갑고, 도도한 역할보다는 자유분방한 성격을 가진 열혈 요원이었다.

하지만 동물적인 감각이 있어 급속도로 태석의 정체에 가까워지는, 그런 인물이었다. 그리고 동물적인 감각이 결국에는 그녀를 파멸로 인도하게 된다.

"시작한다."

어느새 진중한 표정이 된 유해준의 말에 지영도 상념을 멈추고 현장을 직시했다. 단역 배우들 사이로 한사랑이 가서 섰다. 하지만 아직 시민들의 웅성거림이 멎지 않아 류승현 감독의 액션 사인은 떨어지지 않았다.

스태프들이 열심히 뛰어다니며 정숙을 외쳤지만 몇 천의 군중을 통제할 순 없었다. 기껏 배우들이 감정을 잡은 마당인데 이런 상황이 계속 이어지면 결국은 감정이 깨질 것이다.

"흠……."

유해준도 그걸 아는지 심각한 표정으로 침음을 흘렸다. 조감독을 포함한 스태프들은 발만 동동 굴렀다. 웅성거림이 멎지 않으면 오디오가 물리게 되고, 그럼 무조건 NG다. 한두 사람의 목소리야 어떻게든 편집이 가능하지만 이렇게 군중의 소란이 이어지면 배우의 대사도 제대로 전달이 안 될 게 분명했다.

10분 정도가 더 지났는데도 소란이 가라앉지 않자, 지영은 직접 나서기로 했다. 류현승에게 가서 자신의 생각을 전달하자 그는 바로 고개를 끄덕였다. 스태프에게 마이크를 받은 지영은 한사랑의 옆으로 가서, 마이크를 입에 가져다 댔다.

"아아, 안녕하세요. 강지영입니다."

"……"

지영의 인사에 잠시 침묵이 감돌더니, 곧바로 '꺄아!' 함성이 터졌다. 손을 흔들면서 좋아하는 팬, 동동 뛰면서 지영을 연호하는 팬, 의경이 지키는 라인을 뚫으려는 팬까지 정말 각양각색의 반응이 한 번의 인사에 일어났다.

지영은 그 환호를 군이 잠재우지 않았다. 가만히 마이크를 다시 내리고 기다리길 수 분, 환호가 조금씩 멎었다.

"이른 아침부터 이렇게 촬영장을 찾아주셔서 정말 감사합니다. 그런데 저희가 촬영을 이제 시작해야 돼요. 아직 이른 시간이지만 구청에 신청한 기간이 오늘 하루밖에 안 돼서 꼭 오늘 안에 촬영을 끝내야 합니다. 죄송한 말씀이지만 촬영 중에만 좀 정숙을 부탁드려도 될까요?"

지영이 단도직입적으로 그렇게 얘기하자, '네!' 하는 합창이 들렸다. 지영은 구구절절 더 부탁하지 않고 고개를 다시 꾸벅 숙여 인사를 한 후 유해준이 있는 쪽으로 돌아왔다.

"여, 역시 조련사."

"팬들이 무슨 동물인가요? 제가 조련사게, 하하."

"넓게 보면 인간도 동물 아니겠어? 허헛!"

유해준의 말이 틀린 건 아니었다.

하지만 군이 대답하지 않고 지영은 다시금 현장을 바라봤다. 지영의 말이 효과가 있었는지 소란은 점차 줄어들었다.

"어휴, 스태프들도 저게 뭔 고생이라니."

"그러니까요. 이런 탁 트인 공간에서의 야외 촬영은 진짜 할

게 못 되네요."

"나는 많이 해봤지만 이런 경우는 진짜 처음이다. 날고 긴다
는 배우들이 나와도 이 정도는 아니었거든, 허헛."

유해준의 말에 지영은 그냥 고개만 끄덕였다.

잠시 뒤 촬영장은 보통 액션 사인 전의 침묵이 감돌기 시작
했다. 배우들도 감정을 다 잡았고, 잠시 뒤 사인이 떨어졌다.

"액션!"

한사랑, 극 중 은수는 이곳 광화문이 테러범이 정보를 교환
하는 곳임을 우연히 알게 된다. 그래서 직감이 좋은 은수는 상
부의 명령에도 불복한 채 혼자 이곳에 나와서 사람들을 관찰
하기 시작했다.

몇 날 며칠을 허탕을 쳤지만, 은수는 포기하지 않았다. 지나
다니는 사람들을 책을 보는 척하며 끈질기게 쫓고, 의심스러운
사람들의 리스트를 짰다. 그런 그녀의 앞으로 임수민, 극 중 '윤
경'이 딸아이의 손을 잡고 출근을 했다. 그리고 정해진 시간에
아이를 데리고 다시 퇴근을 했다.

출근, 퇴근.

그녀가 앉아 있는 벤치 앞을 항상 초췌하지만 밝은 웃음을
지으며 지나가는 윤경의 모습은 은수의 머릿속에 조금씩 각인
이 되어갔다. 석훈, 태석과 관계된 자들이 광화문이란 공간에
서 교차하는 모습들은 그렇게 담겨갔다.

"컷! 액션!"

처음에는 정장이었지만, 점차 시간을 지날수록 은수의 옷차

림은 편해졌다. 마지막엔 편한 카고 바지에 티셔츠, 야상 하나만 덜렁 걸친 채 은수의 잠복 아닌 잠복은 계속됐다. 헤어스타일도 점점 편해지고, 화장은 점점 옅어졌다. 물론 그럴수록 그녀의 수첩에 적히는 '인물'들은 다양하게, 풍성해졌다.

마지막 한 정보 상인이 등장하고 은수의 시선이 그에게 넘어가는 찰나, 다시 컷! 사인이 울렸다.

은수 역의 한사랑은 유해준이 말한 것처럼 정말 연기가 제법이었다. 두어 번 NG가 있었지만 모든 신을 제대로 소화했다.

"역시 제법이란 말여."

유해준의 감상평에 지영도 고개를 끄덕였다. 요즘 아이돌 육성 프로그램에 연기 평가는 당연히 들어가 있다. 어느 정도 인지도를 얻으면 그 그룹에서 한둘은 거의 반드시 드라마나 영화를 찍게 마련이다.

하지만 그중에 제대로 배우로 대성하는 아이돌은 정말로 손에 꼽았다. 하지만 한사랑 정도 연기력이면 충분히 대성할 수 있을 것 같았다. 물론 자기 관리만 열심히 잘하면 말이다. 카메라 위치가 바뀌었다.

이번엔 임수민, 윤경을 중점으로 찍는 신이었다.

광화문에서 항상 스쳐 지나가지만 이번엔 윤경이 중심이 된다. 반대로 은수는 카메라 끝에 살짝 걸쳤다가 사라지게 된다. 아역 배우의 손을 잡고 대기 중인 임수민을 보던 지영은, 그녀의 변화에 놀라서 탄성을 흘렸다.

"이야……."

"대단하지?"

"네, 진짜 대단하네요."

임수민은 진짜였다.

극 중 윤경은 생활고에 좀 시달리긴 하지만 그래도 눈에 넣어도 아프지 않을 딸과 진심으로 사랑하는 석훈이 있어 피곤하지만 언제나 밝은 미소를 잃지 않는 캐릭터였다. 그런 윤경 역을 위해 임수민은 10㎏ 가까이 감량했고, 극 중 생활고에 시달리는 역할이라 메이크업은 정말 거의 하지 않았다. 오죽했으면 눈가의 잔주름까지 적나라하게 보일 정도였다. 하지만 그런 캐릭터에 대한 준비보다, 그녀의 연기 능력은 진짜였다.

감정.

배역에 대한 몰입.

임수민은 여우주연상도 수상한 적 있는 실력파다. 송지원만큼은 아니더라도 대한민국을 대표하는 국민 영화배우 중 한 사람이라는 평가도 받는 배우다. 그만큼 능력 있는 임수민은 지금 누가 보더라도 대한민국의 평범한 가정의 어머니였다.

"저평가된 대표적인 배우 중에 한 명이지. 작품만 제대로 만나면 뻥 뜰 텐데. 참 아쉬워."

"그래요? 보통 그런 건 회사에서 케어해 주지 않아요?"

"해주긴 하는데, 수민이 쟤가 고집이 좀 세거든. 배역이 마음에 안 들면 절대로 안 해."

"음……."

"그만큼 호불호가 명확해서 쟤 소속사에서도 이제 두 손 두

발 다 들었을걸?"

"하하, 이번에 잘됐으면 좋겠네요."

"허헛, 잘될겨, 이번엔."

피곤한 어머니, 윤경의 연기가 시작됐다.

늦었다며 보채는 딸의 손을 잡고 광화문을 건너는 그녀의 모습은 삶의 풍파가 진하게 스며들어 있었다. 길을 걸으면서 토스트를 먹고, 가벼운 색조 화장도 벤치에 앉아서 하고, 재롱을 떠는 딸을 보며 피곤하지만 환하게 웃는 윤경.

지영은 그런 윤경을 바라봤다.

지릿, 지릿……

보다 보니까 가슴이 저렸다.

아마, 저랬을 것이다.

당시 지영과 함께 탔던 비행기 안의 승객들도 저 윤경과 크게 다르지 않았을 것이다. 그런 사람들이 정치적, 종교적 야욕 때문에 하루아침에 파멸로 인도당했다. 조금도 원하지 않았지만 강제로, 강제로 그 길로 들어서야만 했을 것이다.

가정이 파괴됐다.

사랑하는 연인과 영원히 이별했을 것이고, 사랑하는 부모와 혹은 자식과 헤어졌을 것이다. 영원히, 지영처럼 영생을 살지 못할 것이니… 영원히 말이다.

벤치에 앉아 딸의 볼을 쓰다듬어 주는 윤경의 표정에는 처연함이 깃들어 있었다. 다른 사람이 보면 피곤함이겠지만, 눈썰미가 좋거나 지영처럼 감각이 좋은 사람이라면 임수민이 단지 윤경 역에 피곤함만 입히지 않았다는 걸 알 수 있을 것이다.

윤경은 직감하고 있는 것 같았다.

극 중에서 다가올 이별에, 파멸을 대비하는 모습 같기도 했다.

"대단하다……."

지영은 그 감정에 도취되어 버릴 것 같았다.

그리고 처음 겪었다.

이렇게 타인의 연기를 보고 심취해 본 적이 말이다.

"수민이 저거… 우와."

유해준도 지영이 느낀 걸 비슷하게 느꼈는지 감탄을 터뜨렸다. 조금 거리가 있었기에 훨씬 더 잘 느껴졌다. 입가의 미소가 그려지는 순간, 감정이란 독이 발라진 비수가 가슴에 콱 박히는 것 같았다.

"컷!"

류승현 감독의 사인이 울렸다.

하지만 임수민, 아니, 윤경은 연기를 풀지 않았다. 그리고 자신의 연기를 확인도 안 했다. 오히려 아역 배우와 함께 계속 얘기를 이어나가고 있었다. 팔을 뻗어 아역을 안은 윤경이 입 주변에 묻은 빵 부스러기와 기름기를 손수건을 꺼내 조심스럽게 닦아줬다. 그러곤 가방에서 물통을 꺼내 아역, 아니, 딸에게 먹여줬다.

이제 고작 네 살 정도 된 아역 배우는 친엄마가 아닌 윤경을 정말 친엄마처럼 따랐다. 물을 마신 아이가 팔을 뻗어 안아달라는 제스처를 취하자 윤경은 어딘가 슬프면서도 맑은 미소와 함께 아이를 안아 무릎 위에 올렸다.

"워……."

그런 윤경의 모습에 유해준은 고개를 절레절레 저으며 감탄사를 터뜨렸다. 지영은 그 모습을 보고 있다가, 몸을 돌려 대기실로 돌아왔다. 임수민이 펼치는 윤경의 연기가 머리를 자극하기 시작했다.

저 여인은 곧 테러의 희생자가 된다.

극 중 태석이 저 여인의 삶을 박살 낸다.

연기지만, 실제가 아닌 가짜 이야기지만 감정이 몰아치기 시작했다. 지영은 이런 기분이 든 게 참 오랜만이었다. 자신의 이름이 붙은 의자에 앉은 지영은 비치된 거울을 보며 슬며시 웃었다. 그 미소는 임수민이 윤경이 되어 보여줬던 미소와 비슷하지만 달랐다. 처연함은 있었지만, 맑은 미소는 아니었다.

오히려 기계적이면서도 가학적인, 그런 슬프면서도 딱딱한 미소였다. 지영은 이런 변화를 자연스럽게 받아들였다. 어차피 이따 태석의 연기를 위해서 준비해야 할 과정이었다. 그 과정이 임수민의 연기로 인해 자연스럽게 준비됐으니 오히려 환영할 일이었다.

"자, 우리도 슬슬 준… 비를 할 필요도 없겠네. 어, 없겠어."

유해준이 들어와 말을 하다가 이미 준비된 지영의 표정을 보고는 슬그머니 말꼬리를 내렸다. 그도 배우니 잘 아는 것이다.

벌써 지영이 스탠바이가 끝났다는 것을 말이다. 지영이 태석이 되자, 풍기는 기질이 달라졌다.

그래서 잠시 쉬러 안으로 들어왔던 배우들은 흠칫 놀라고는 다시 뒷걸음질 쳐 조용히 대기실을 나갔다.

지영의 몰입을 깨지 않기 위해서였다.

유해준도 대본을 보고 대사를 암기하면서 다시금 조장철로 변신하고 있었다. 그는 대한민국에서도 알아주는 연기파 배우 유해준이다. 어떤 배역을 던져도 소화가 가능한 그도 지영에게 폐가 되지 않기 위해 오랜만에 정말 깊은 감정 몰입에 들어갔다.

그렇게 30분 정도가 지났다. 신 촬영이 끝났는지 임수민이 진이 빠진 기색으로 대기실 안으로 들어왔다. 들어온 그녀는 지영의 얼굴을 보곤 흠칫 놀랐으나, 다른 배우들처럼 자리를 비켜주지 않았다. 오히려 그의 앞에 조용히 앉아 물을 벌컥벌컥 마셨다.

"후아……."

그러곤 한숨을 내쉬었다.

지영은 그 한숨에서도 느꼈다.

그녀가 신을 위해 잠시간 화(化)했던 윤경이, 저 한숨에 섞여 빠져나가고 있음을. 그게 대단하다고 느껴지면서도 한편으로는 아쉽다는 생각이 들었다.

'대화를 좀 해보고 싶었는데. 태석과 윤경의 입장에서.'

하지만 이미 임수민은 윤경을 빼내는 작업에 들어갔다. 아니, 거의 끝났다. 몰입도 빠르지만 빠져나오는 것도 정말 초스피드였다. 그만큼 경력이 쌓였으니 가능한 일이었다. 저런 능력은 배우에게 반드시 필요한 능력이기도 했다.

임수민이 들어오고 30분 정도가 지났을 때 스태프가 조심스럽게 들어와 지영을 호출했다. 한정연과 이성은을 호출해 메이크업을 고친 지영은 '은수'와 첫 대면하는 신을 찍기 위해 자리로 이동했다. 먼저 나와 대기하고 있던 은수 역의 한사랑이 지영에게 조심스럽게 다가왔다.

"저, 선배님… 잘 부탁드립니다."

밝고, 애교 넘치는 모습을 보여주던 한사랑의 조심스러운 인사에 지영은 그냥 고개만 끄덕였다. 지금은 그녀에게 따로 해줄 말이 없었다. 이유야 당연히 지영은 아까부터 이미 태석이되었기 때문이었다.

말수가 많이 없는, 상대보다 자신을 먼저 생각하는 사이코패스 태석이 상대 배우를 배려해 줄 리가 없었다. 게다가 지금은 윤경 때문에 전보다 더 진하게 태석이 자리 잡은 상태였다. 벤치에 앉아 소품으로 준비한 신문을 펼치는 지영. 지영이 나오자 사위는 아주 조용히 잠들었다. 마치 안개가 가득한 숲속에 들어와 있는 분위기였다.

삐이이……!

도로 쪽에서 경적 소리가 길게 한차례 울리고 나자, 마치 그걸 받는 것처럼 류승현 감독의 액션 사인이 떨어졌다.

"액션!"

좌악.

태석은 폰으로 메시지를 확인하고는 신문을 펼쳤다.

주가, 기업 사장 구속, 살인 사건 등이 메인에 장식되어 있었다. 하지만 흥미가 없어 다음 페이지로 넘기려는 찰나 또각또각 이상하게도 선명한 구두 굽 소리가 점점 가까워졌다.

"아……."

그러곤 옆으로 정장 차림의 여자가 앉았다. 태석의 시선이 무의식적으로 여자에게 향했다. 그녀의 시선도 태석에게 넘어왔다. 셔츠 안쪽의 새하얀 목덜미가 가장 먼저 들어왔다. 태석은 얼른 시선을 돌렸다.

피식.

여자의 웃음소리가 들려왔다.

태석도 속으로 웃었다.

'나… 잘 참았네.'

하마터면 꽂을 뻔했다.

이곳에선 절대 함부로 사고를 쳐선 안 된다는 조장철의 말을 떠올린 태석은 저 눈처럼 새하얀 목덜미에 꽂을 뻔했던 주머니 속의 펜을 꾸욱 쥐었다.

아마 그녀는 모를 것이다.

자신이 지금, 죽을 뻔했다는 사실을 말이다.

'오슬로의 뒷골목에서 만약 마주쳤다면 좋았을걸.'

그가 있던 곳은 무법 지대다.

무슨 짓을 해도 법의 처벌을 피해갈 수 있는. 하지만 이곳은 아니었다. 세계 최고의 치안 강국. 조장철의 말을 따르면 여기선 절대 얼굴을 팔려선 안 된다고 했다. 곳곳에 CCTV가 있어서 사고를 치면 무조건 얼굴이 팔리게 되어 있다고 말하면서 말이다. 태석은 참았다. 이 여자에게서 나는 싱그러운 향기가 이상하게도 그의 어두운 감정을 자극했지만 그래도 참았다.

"흐음, 크흠."

매연가스에 목이 따가운지 여자는 여기저기 긁히고 찢긴 가방에서 물통을 꺼내 벌컥벌컥 마셨다.

"푸흡!"

그러다 목에 걸렸는지 헛기침을 하며 물을 도로 토해냈다. 태석은 그런 여자의 행동에 관심을 끄기로 했다. 현재 시간은 10시 30분경, 30분 뒤에 연락이 오기로 했다.

'삼십 분만 참자.'

대한민국에서 현대사회를 살아가는 이들이라면 30분은 어쩌면 긴 시간일지도 모른다. 하지만 태석에게 그리 긴 시간은 아니었다. 복수를 위해 십 년이 넘는 세월을 견뎌온 태석이다. 고작 30분을 못 기다려 일을 그르치고 싶은 생각은 조금도 없었다.

태석은 다시 신문에 눈을 돌렸다. 오기 전에 다시금 옛날 기억을 되새기며 한글을 배웠다. 알고 있던 언어였기에 배우는 건 빨랐다.

새까만 한글이 빼곡하게 새겨져 있는 신문을 보자니 태석은 옛날 생각이 났다. 어렸을 적, 노르웨이로 여행을 가기 전, 그때 부모님이 한글을 가르쳐 줬었다. 태석은 나름 영특해서 한글을 금방 깨우쳤다.

자기 이름, 부모님 이름, 동생 이름은 물론 간단한 일기도 쓸 수 있었다.

'그날, 여행을 가지 않았다면 우리 가족은 행복했을까?'

그리고… 나는 그 얼어붙은 땅에 버려지지 않았을 수도 있었을까? 태석은 고개를 저었다. 만약이란 가정은 불필요했다. 미래에 벌어질 일에 대한 가정은 어느 정도 생산성이 있지만 이미 벌어진 일에 대한 가정은 너무나 불필요하다. 어차피 벌어졌기 때문이다.

사락.

신문 한 장을 더 넘긴 태석의 눈빛이 꿈틀거렸다. JS 과학 연구소에 대한 기사가 실려 있었다. 최악의 무기를 개발한 자들, 실험이라는 이유로 가족을 학살한 자들, 그것으로도 모자라 가족의 시신마저 유기한 자들.

그날 숙소에 있던 태석의 가족은 인체에 치명적인 신경가스로 인해 자다 말고 강제적으로 안식에 들었다. 조장철의 가족도 마찬가지였다.

그런데 그놈들은 그러한 사실을 숨기고, 지금은 친환경 가스를 포함한 차세대 대체에너지를 연구하고 있었다.

나름의 성과가 있었고, 몇몇 기술은 현재 실용화되었다. 지구 환경을 지켰다는 공로를 인정받아 노벨상까지 수상했다.

태석은 그게 진절머리 나게 역겨웠다.

그래서 결정했다.

죽이기로.

당시 개발, 실험에 연관되어 있던 모든 자들을 죽이기로.

"…기요!"

"……"

갑자기 옆에서 들려온 소리에 태석은 시선을 돌렸다. 옆에 앉아 있던 여자가 눈을 가늘게 좁히고 태석을 바라보고 있었다.

"뭡… 니까?"

"아니요, 제가 지금 배터리가 없어서요. 시간 좀 여쭤보려고요."

"……"

태석은 대답 대신 손가락으로 한 곳을 가리켰다.

그곳엔 커다란 초침 시계와 전자시계가 나란히 서 있었다. 태석의 손가락을 따라갔던 여자가 아, 맞다, 하고 혼잣말을 하더니 멋쩍은 웃음을 지었다.

"죄송합니다. 깜빡했네요, 헤헤."

"……"

꾸벅. 해오는 인사를 태석도 그냥 받았다.

그리고 얼른 시선을 돌렸다.

살짝 숙여진 고개 사이로 흰 피부가 다시 보이면서, 태석의 감정을 자극했다. 욕정은 아니었다. 태석은 여태껏 그런 감정을 품지 않았었다. 경험이 없는 건 아니지만 그저 내킬 때 성욕을 푸는 걸로 해결했다. 그가 자란 골목에는 지폐 몇 장만 던져주면 다리를 벌리는 여자는 쌓이고 쌓여서 그리 어려운 것도 아니었다.

어쨌든 태석은 이 여자에게 욕정은 하지 않았다.

다만, 자꾸 간질거리는 감각이 찾아와 불쾌했다. 태석은 그 감각이 뭔지 알았다. 피를 보고 싶은 욕구. 맹목적인 살욕(殺慾)이었다. 조장철의 권유로 정신과 상담을 받았을 때 그러한 검사 결과가 나왔다.

하지만 표정에 변화는 없었다.

태석은 다시 신문으로 시선을 돌렸다. 어느새 10분이 지났다. 이제 20분만 더 기다리면 된다. 그러나 잠시 뒤 태석은 여기에 있으면 안 될 사람을 발견했다.

"어허이!"

손을 흔들며 다가오는 오십 대의 사내, 조장철이었다. 태석은 왜 왔냐는 어리석은 질문 같은 건 하지 않았다. 대신 신문을 말아서 손에 쥐며 자리에서 일어났다.

"왔어?"

"하하, 늦었지? 자, 가자고!"

어깨동무를 하려는지 팔을 둘러올 때, 여자의 시선이 자신에게 빤히 넘어오는 걸 확인한 태석은 잠시 눈살을 찌푸렸지만 이내 고개를 돌렸다. 그리고 상당히 거리가 멀어졌을 때 조용히 말했다.

"무슨 일이야?"

"이 일대에 경찰 무전이 점점 많아지고 있어. 혹시 모르니 접선 장소를 다른 곳으로 바꾸자고 하려고."

"......."

그런 이유라면 뭐.

"물건은?"

"아까 받아서 차에 실어놨지. 일단 가자고."

작게 소곤거려 대답한 조장철이 '하하하!' 크게 웃었다.

"그래. 야, 배고프지? 뭐 먹을까? 갈비? 삼겹살? 아니면 불고기?"

"삼겹살로."

"그치, 그게 낫겠지? 아직 이르지만 소주도 한잔하자고. 또 낮에 먹는 쏘삼이 기가 막히지. 내가 잘 아는 곳 있으니까 그리로 가자."

"......."

태석은 작게 고개를 끄덕였다.

공원을 가로질러 조장철이 끌고 온 차의 보조석에 몸을 실었다.

"컷!"

"후우."

"역시, 강 배우. 수고했어."

"선배님도 수고하셨습니다."

태석에서 다시 돌아온 지영이 유해준에게 꾸벅 인사를 하곤 차에서 내렸다. '와아!' 지영이 차에서 내리자 다시 함성 소리가 터졌다. 팬들에게 꾸벅 인사를 한 지영은 확인을 위해 류승현 감독에게 갔다. 영상은 문제없이 찍혔다.

한사랑도 연기를 잘해줬고, 지영도 어색하게 나온 장면은 하나도 없었다. 다음 신 촬영을 위해 의상을 갈아입어야 했기에 지영은 바로 대기실로 돌아왔다. 옷을 갈아입고, 메이크업을 수정받은 뒤에 의자에 앉자 눈을 감고 있던 임수민이 '으음' 작은 신음과 함께 깼다. 부스스한 기색으로 주변을 둘러보던 임수민은 현재 있는 곳이 대기실임을 알자 다시금 의자에 깊이 몸을 뉘였다.

지영은 그런 임수민을 보며 잠시 고민했다.

말을 걸까?

하지만 이내 고개를 저었다.

임수민은 연기 실력과는 별개로 사교성이 진짜 별로 없었다. 회식을 해도 항상 조용히 1차만 먹고 집으로 갔다. 아직 결혼도 안 할 걸로 아는데 항상 칼같이 귀가했다. 그리고 촬영장에서도 말이 많은 편이 아니라고 들었다. 그녀는 정말 딱 자기 할 일만 했다. 그렇다고 까탈스럽게 군다거나, 히스테리를 부리지도 않았다.

흔히 말하는 배우병에 걸린 사람은 아니란 소리였다.

그녀는 공손했고, 차분했으며, 달관한 사람처럼 행동했다. 보는 지영이 신기할 정도였다. 그래서 사람들은 그녀를 대하기 어려워했다. 지금만 봐도 그렇다. 그녀 정도의 여배우면 의상 문제로 개인 대기실을 챙겨달라고 해도 부족할 판인데 오히려 다른 배우들이 옷을 갈아입는 간이 탈의실에서 묵묵히 옷을 갈아입고, 메이크업도 모든 사람들이 보는 앞에서 받았다. 그나마 친한 유해준이 간간히 놀릴 때나 입을 열지, 안 그러면 정말 조용히 아무것도 하지 않고 가만히 있었다.

그런 임수민이라 지영은 그냥 대화를 접고, 의자에 임수민처럼 몸을 뉘였다. 그런데 예상 밖에 임수민이 먼저 말을 꺼냈다.

"신, 끝났나요?"

한참 나른한 어조에서 나온 말에 지영은 잠시 놀랐다가, 누운 그 상태에서 대답했다.

"네. 한 신 끝났고, 다음 신 대기 중입니다."

"그래요? 음… 얼마 안 남았네, 그럼."

"선배님 다음 신 남았습니까?"

"네, 아직 하나 남았네요."

아, 그리고 보니 류승연, 석훈과의 신이 아직 하나 남아 있었다. 해가 떨어질 때쯤 찍어야 하는 지영의 신이 다 끝나고, 맨 마지막에 신을 촬영한다.

"서너 시간은 걸릴 텐데 그냥 댁에 가서 쉬는 게 낫지 않습니까?"

"그게 더 피곤해요. 그래도 신경 써줘서 고마워요."

"네."

"맞다. 사랑이는 어때요? 연기 괜찮게 하나요?"

"네, 잘하던데요?"

"욕심이 있더라고요. 저한테 직접 찾아와서 연기 연습도 매일 받았고. 이 영화가 지영 씨 복귀작인 만큼 폐가 돼서는 안 되겠다는 마음이 들었대요."

"음……."

한사랑이 그런 말을?

지영은 좀 의외였다.

깍쟁이에 도도, 새침 덩어리인줄 알았더니 제법 마음을 곱게 쓸 줄 알았다. 지영은 임수민의 말을 있는 그대로 받아들였다. 임수민 정도 되는 연기자가 한사랑이 거짓말을 했다고 쳐도 그걸 못 알아낼 사람이 아닌 것 같았기 때문이다. 지영은 한사랑에 대한 평가를 다시 해야겠다고 생각했다.

"얘가 겉과 속이 조금 달라요. 나쁜 쪽으로 말고, 좋은 쪽으로요."

"지금 얘기 듣고 다시 생각하기로 했습니다."

"다행이네요. 말해주길 잘했다는 생각이 들어요."

"감사합니다."

"뭘요. 제가 한 게 뭐 있다고. 그보다 지영 씨는 좀 괜찮아요? 아까 보니까 표정이 별로 안 좋던데."

누운 채로 묻는 그녀의 말에 지영은 어떻게 대답할까 고민하다가 그냥 솔직하게 대답하기로 했다.

"정신적으로 좀 지치긴 했습니다."

"지영 씨 연기 보니까 감정을 지나치게 쓰는 것 같아요. 그렇게까지 안 해도 지영 씨는 충분히 연기에 대해선 독보적이에요."

"…그게 잘 안 됩니다. 감정을 담지 않으면 뭔가 속이 텅 빈

허수아비 같은 느낌이 들어서요."

"그런가요? 소정 씨에 대한 의리 때문이 아니고요?"

갑자기 서소정의 얘기를 왜?

지영은 의문이 생김과 동시에 기분이 좀 나빠지기 시작했다. 임수민과 지영의 친분은 거의 없다고 봐도 좋았다. 지금만 해도 그렇다. 이게 어쩌면 임수민과의 첫 대화였다. 그런데 과거를 끄집어내고 있다.

"별로 대답하고 싶진 않은 질문이군요."

"그런가요. 미안해요. 저도 모르게 툭 나갔네요. 소정이랑은 저도 좀 알던 사이라."

"소정 누나랑 친했습니까?"

"절친 정도는 아니었지만 그래도 그냥 간간이 연락하는 사이이긴 했어요. 가끔 술도 한잔했고."

"……."

당연히 이 얘기는 처음 듣는 얘기였다.

지영은 서소정에 대해 더 물어볼까 하다가, 그만뒀다. 지금은 그녀를 생각하고 싶지 않았다. 감정이 또 통제가 안 될지도 모르니 말이다.

고개 숙여 인사를 하고 대화를 마무리한 지영은 다시 누웠다. 아니, 누우려고 했다. 스윽, 안개처럼 귓가로 스며든 그녀의 말만 아니었으면 말이다.

"이번 생은 참… 피곤하게 살 생각인가 보네."

"……."

정신이, 정말 정신이 번쩍 들었다.

이번 생?

'이번 생이라고……?'

누우려던 상체가 덜컥 멈추더니 이내 천천히 올라왔다. 상체를 완전히 세운 지영은 임수민을 바라봤다.

임수민은 반개한 눈으로 지영을 보고 있었다.

"……"

"……"

가만히 보면 입가에 아주 미약하게 미소가 걸린 것 같기도 했다. 하지만 다시 보면 아닌 것 같기도 했다. 지영은 저 말에 어떻게 대답해야 할지 갈피를 잡지 못했다. 이번 생에 태어나서 가장 머릿속이 텅 비어버린 순간이었다.

그만큼 그녀가 한 말은 지영에게 거대한 충격으로 다가왔다. 그래서 지영은 말을 잇지 못했다. 아니, 말을 이을 수 없었다. 그저 놀란 눈으로 임수민을 바라볼 뿐이었다. 그런 지영을 임수민도 반개한 눈으로 가만히 보다가, '후우…' 깊은 한숨을 내쉬고는 천천히 입술을 열었다.

"역시, 맞았나 보네."

헐……

설마……?

Chapter50
환생자, 임수민

콰광!

뇌리로 마치 벼락이 내리친 것 같은 짜릿함이 지영의 몸을 순식간에 휩쓸고 지나갔다. 너무 놀라서 지영은 입이 벌어졌다는 것도 알지 못했다. 눈만 껌뻑거리며 지영은 임수민을 봤고, 후우, 하고 한숨을 내쉰 임수민은 상체를 일으켜 제대로 앉았다.

"맞지?"

그 말에 이번엔 정신이 번쩍 들었다.

회오리처럼 요동치던 감정이 일순간에 쑥 가라앉아 내려갔다.

"…당신 누구야?"

"대답부터 해. 그래야 대화를 진행하지."

"제대로 물어. 다시 한번."

"후우, 조심성도 엄청 많네. 맞지? 환생자."

"……."

맙소사…….

전혀 예상도 못 했던 질문을 듣자 말문이 콱 막혔다. 정말 생각지도 못한 만남이었다. 아니, 또 다른 환생자가 있지 않을까 하는 생각은 예전부터 무수히 많이 했었다. 하지만 단 한 번도 만나지 못했었다.

길 가다가 아무나 붙잡고 다시 태어났습니까? 하고 물을 수는 없는 노릇 아닌가.

그래서 어느 기점부터는 아예 생각도 안 했었다. 그런데 갑자기, 너무나 뜬금없이 임수민이 환생자냐고 물어왔다. 그러니 어찌 안 놀랄 수 있을까.

자세를 고친 임수민의 표정도 어딘가 희열에 감싸여 있었다. 하지만 그 기색은 굉장히 미약했다.

일종의 흥미? 조금의 흥미? 그런 것 같았다. 왜? 같은 환생자를 만나면 흥분해야 정상 아닌가? 지영이 그런 생각을 할 때쯤 임수민의 입이 다시 열렸다.

"맞나 보네. 몇 번째야?"

확실했다.

지영은 임수민의 이번 말을 듣고 나서 지영은 그녀도 자신과 같은 끝없는 환생을 거듭하고 있다는 확신할 수 있었다.

"일천."

"…비슷하네."

비슷하다?

"당신은?"

"너보다 열 번 정도 더 많아. 내가 선배네."

"…그게 의미가 있나?"

"없지. 고작 열 번인데."

장수했다고 치면 거의 천 년에 가까운 세월이다. 하지만 그 세월은 지영에게도, 임수민에게도 의미가 없었다. 무수히 많은 환생을 겪었기 때문이다. 피식. 그러다 보니 실소가 흘러나왔 다. 이건 정말 예상도 못 했다.

"어떻게 알아봤지?"

"예전부터 의심은 하고 있었어. 니가… 음, 이 호칭은 별로 네. 당신이 어렸을 때부터 워낙에 날뛰었잖아?"

"……."

하긴, 상식적으로 불가능한 일들을 지영은 많이 했다. 이정 숙 사건만 해도 그렇고, '제국인가 사랑인가'에 출연하며 보여준 연기력 또한 절대로 그 나이에서 보여줄 수 없는 연기였다. 아 이가 제아무리 연기를 잘해도, 고작 여덟 살이면 애처럼 보일 수밖에 없다.

아무리 근엄하게 보이려고 해도, 한계는 반드시 존재한다는 뜻이었다. 하지만 지영은 그걸 가뿐히 뛰어넘었다. 아니, 성인 연기자도 씹어 먹을 정도의 연기를 보여줬고, 그다음 작품인

'리틀 사이코패스'에서는 가히 연기의 끝을 보여줬다.

사람들은 이렇게 생각했을 것이다.

천재가 나타났다.

진짜가 등장했다.

딱 이 정도로 인식했을 것이다.

하지만 이걸 같은 환생자가 보면 다른 시선으로 보게 되는 법이다.

"태어날 때부터 자아가 형성되어 있다?"

지영의 말에 임수민은 고개를 끄덕였다.

"환생자에게 부여된 축복이자 저주 중 하나지."

그렇다.

지영은 매 환생 때마다 자아의 형성 과정 자체가 없었다. 모체의 배 속에 태아가 생성이 어느 정도 끝나면 곧 때리게도 생각이 가능하다. 시작은 따스하다, 포근하다 정도에서 조금만 더 지나면 바로 아… 환생했구나, 이렇게 자각한다. 그러니 이제 세상 밖으로 나가면 웬만한 어른들 뺨을 신나게 후려갈겨도 될 정도로 생각할 수 있다. 신체가 제대로 말을 안 들어 그렇지 가능만 했으면 태어나자마자 걷고, 말하는 것도 가능했을 것이다.

"처음엔 의심이었어. 내가 소정이랑 친하다고 했지? 너를 맡기 시작했을 때 내가 일부러 접근한 거야. 너에 대해 좀 물어보려고."

"그럼 그때부터?"

"그래, 심증은 굳혔지. 하지만 확증은 없었어. 그래서 지켜보자는 생각을 하고 있었지."

"……."

"그러던 차에 당신이 하이재킹을 당했지. 사실 나는 소정이는 몰라도 당신이 환생자라면 살아 돌아올 거라고 예상했어. 그리고 정말 돌아왔지. 그런데 왜 오 년의 시간이 필요했을까? 당신이었다면, 무수히 많은 환생을 겪은 당신이라면 놈들이 방심했을 때 언제라도 탈출할 수 있었고, 돌아올 수 있었겠지. 하지만 사년이나 더 걸렸어. 왜일까 생각해 봤는데… 복수, 그것밖에 없더라고."

속여 뭘 하랴.

이 여자는 동류(同流)다.

아마 자신에 대해 가장 잘 알고 있는 여자가 될 것이다. 안타깝지만 은재보다도 더 자신을 잘 이해할 것이다.

"당신이 돌아오고 나서, 당신의 눈빛을 봤을 때 난 알았지. 아… 당신, 환생자구나."

"왜 이제야 찾아온 거지?"

"대화할 준비가 안 되어 있었잖아? 물론 지금도 그 정도는 아니지만 그래도 처음에 왔을 때보단 나아. 그때 당신의 눈빛 보니까 말 잘못 꺼내면 칼춤을 출 것 같았어."

하긴, 그랬을 수도 있었다.

그때는 정말 정신이 엄청 위태로운 상태였으니까. 최소 전문적인 군사훈련을 받은 이들이 아니었다면 그 상황에서는 아마 반드시 미쳐 버렸을 것이다.

약물을 포함한 모든 고문을 '인간'의 몸으로 견디는 것도 '한계'가 있으니 말이다.

"맞다. 확실한 심증은 다른 곳에도 있었어."

"음?"

"내가 지원이랑 좀 알거든. 지원이랑 얘기할 때 들었지, 폭군 이건에 대해서."

"아……."

그는 다른 이들에게는 가상의 인물이지만 지영에게는 가상의 인물이 아니었다.

고작 반 년 간 왕좌에 앉아 있었을 뿐이지만, 실제로 존재했었던 왕이었다. 조선왕조가 사력을 다해 지웠기 때문에 지금은 문헌을 포함해 야사(野史)로도 전해지지 않는 존재이나, 분명 존재했었다.

"폭군 이건. 첩의 소실이며 궁에서 모진 학대와 멸시를 당하며 성장한 조선사 최악의 왕. 제위 기간 고작 반년이지만 남긴 악행은… 고려 충혜왕에 버금갔지."

피식.

설마 그 시대를 살았을 줄이야.

그래서 지영은 반박을 하지 않았다.

고려 충혜왕(忠惠王).

명실상부, 한반도 역사에 등장하는 모든 왕 중에서 가히 원탑일 것이다. 악행으로 말이다. 친족 강간부터 시작해서 이 미친 왕은 거의 모든 악행을 일삼았다. 신하에게 임무를 보내고 그 아내를 겁탈하는 건 기본일 정도였다.

하지만 지영은 이 같았던 이건의 삶을 부끄러워하지 않았다.

"그런 폭군 이건에 대한 얘기를 했을 때 그때 심증으로 완벽하게 굳혔지. 잊힌 왕을 연기한 당신은 환생자라고."

"부정 못 하겠군. 폭군 이건의 존재를 알다니 말이야. 그런데 당신은 없었나?"

"나? 악녀가 됐던 적?"

"……."

지영이 대답을 끄덕이자 임수민은 이번에도 작게 웃었다.

"있었지."

"누구?"

"달기."

"……."

헐.

지영은 어이없는 표정으로 임수민을 바라봤다. 지영이 폐위될 정도로 악행을 저질렀다면 임수민은 아예 나라를 뒤흔들다 못해 망하게 만들었다. 그 유명한 고사인 주지육림(酒池肉林)이란 단어가 탄생되게 만든 장본인이기도 했다.

"이건 뭐, 스케일이 다르네."

피식, 지영이 실소를 흘리자 임수민도 씨익, 웃음을 지었다. 지영은 그렇게 웃으면서 느끼고 있었다. 지금까지 불편하게 느껴졌던 임수민이 지금은 너무나 편하게 느껴진다는 사실을 말이다.

대화가 잘 통할 거야 어차피 기정사실이다.

아마 이 세상 그 누구보다 서로를 잘 알 테니까 말이다.

"뭐 그 외에도 많아. 특히… 초반에. 그땐 거의 미쳐 있었거든."

"그것도 비슷하네."

대답처럼 그건 지영도 마찬가지였다.

지금처럼 기계식 총기가 널리 퍼지지 않았을 무렵, 종교와 교육이 활발하게 이루어지지 않았을 무렵, 그 무렵은 사람을 선동하기 너무 쉬웠다. 선인, 성인. 그런 단어로 불린 삶이 한두 번이 아니었다.

반대로 해적단장, 산적두목, 의적단장 등등 무수히 많은 피를 흘렸던 적도 있었다. 제정신이 아니었던 삶에서는 정말 엉망진창인 삶을 살았다. 어차피 죽어도 다시 환생한다는 걸, 아니, 미쳐 날뛰었던 것이다.

될 대로 되라. 딱 그런 마인드였다.

어떻게 보면 악인으로 살았던 삶이 더 많았다.

그리고 어느 순간을 넘어서면 체념을 하게 된다. 삶을 이어나갈 의욕이 싹 떨어지는 것이다. 그 단계도 지나가면, 그냥 살게 된다. 달관의 경지에 오르고 나면 하고 싶은 것도 사라지고, 그냥저냥 살게 된다.

피식, 피식.

두 사람은 동시에 웃었다.

그때 스태프가 안으로 들어왔다.

"저… 지영 씨? 촬영 준비 끝났습니다."

"네, 바로 나갈게요."

지영은 천천히 자리에서 일어났다.

원래는 쉬려고 했지만 임수민과 좀 전에 나눈 대화는 굉장히 유익했다. 그리고 어쩌면 자신은 모르는 뭔가를 알고 있을 수도 있었다. 사실 말은 안 꺼냈지만 지영은 내심 그게 너무나 궁금했다.

'만약 알고 있다면……'

어떻게라도 듣고 싶었다.

삶을 끝내는 방법이지만, 저주스러운 환생의 고리가 끊기기만 한다면 지영은 사실 무슨 짓이든 할 수 있는 준비가 되어 있었다.

자리에서 일어난 지영이 그녀를 바라보자 임수민은 먼저 말문을 열었다.

"오늘은 일이 있어서 안 돼. 며칠 뒤에 촬영 없는 날 잡아서 연락할게. 못다 한 얘기는 그때 해."

"……"

지영은 고개만 끄덕였다.

서로 나눌 대화가 아마도 산더미일 것이다. 지영은 그 대화를 나눌 시간이 기대가 됐다. 밖으로 나오니 쌀쌀한 공기가 지영을 반겼다. 흥분을 했는지 땀이 났고, 그 땀은 불어오는 바람에 의해 최고의 시원함을 선사했다.

'인생 알 수 없다더니……'

피식.

설마 이런 순간에 같은 환생자를 만나다니, 이건 정말 너무나 드라마틱했다. 은재를 만났을 때만큼, 정말 그때만큼 전율이 흘렀다. 그래서인지 입가에 그려진 미소는 상당히 개운하고, 싱그러운 미소였다.

"워, 좋은 일 있었어? 얼굴에 꽃이 피었는데?"

슬그머니 다가온 유해준이 빙글거리며 물었다. 지영은 그냥 고개를 저었다.

"수민이가 니랑 얘기 좀 하고 싶다고 해서 자리 비켜줬는데, 꽤 건설적이었나 벼? 도움 좀 됐어?"

"네, 엄청 도움 됐어요."

지영의 대답은 진심이었다.

팡팡, 그 대답에 유해준은 지영의 등을 두 번 때렸다.

"휘유. 다행이다, 다행이여. 내가 괜히 괜한 짓 한 건 아닌가 걱정했거든, 허헛!"

지영은 그렇게 안도하며 웃는 유해준을 뒤로 하고 먼저 벤치에 가서 대기 중인 한사랑에게 다가갔다.

지영이 다가오자 잽싸게 자리에서 일어난 한사랑은 이번에도 넙죽 고개를 숙였다.

"선배님! 이번에도 잘 부탁드립니다!"

"네, 저도 잘 부탁드립니다."

꾸벅.

그렇게 인사를 받으며 고개를 숙이면서도 지영의 머릿속엔 임수민의 존재가 구름처럼 둥실둥실 떠 있었다. 하지만 그래도 지금은 촬영 중이었다.

'임수민이 어딜 도망가는 것도 아니니까. 천천히, 여유를 가지고 그녀와의 대화를 준비하는 게 낫겠지.'

지영은 그런 마음에 정신을 가다듬고 한사랑과 대사를 맞춰 봤다.

이번 신은 다시 만난 은수가 태석에게 관심을 가지는 장면이었다. 이 관심이 두 가지의 감정이 오묘하게 나타나야 하는 신이었다.

이성으로서의 관심과 자주 이곳에 나타나는 태석에 대한 의심이 은수 본인도 모르게 표현되어야 하는 신이었다.

아까와는 다르게 캐주얼하게 입고 나온 한사랑은 충분히 은수의 패션을 소화하고 있었다. 편하게 대사를 몇 번 맞춰보길 10분, 류승현 감독이 사인을 보냈다.

"준비됐어요?"

"네!"

지영은 한사랑의 힘찬 대답에 고개를 끄덕이고는 손가락으로 오케이 사인을 만들어 감독에게 보냈다.

"또 보네요?"

태석은 옆에서 들려오는 낯익은 소리에 고개를 살짝 들었다. 며칠 전 봤던 정장 차림의 여자가 오늘은 캐주얼하게 입고는 앞에 서서 손을 흔들고 있었다. 태석은 원래 이 나라는 이렇게 모르는 사람한테도 인사를 하는 건가 싶은 생각이 들었다.

'옛날에도 그랬었나?'

태석도 한국에서 나고 자랐지만 너무 어렸을 적이었던지라 제대로 된 기억이 없었다.

안 떠오를 과거 따위야 접어버리고는 조장철이 의심을 살 만한 행동은 최대한 자제해 달라고 당부했던 게 떠올라 고개를 살짝 숙였다.

"반… 갑습니다."

"외국분이세요?"

그렇게 인사를 하자 또 옆에 냉큼 앉으며 재차 질문을 던져 오는 한국 여자.

"교포, 입니다."

"아아, 그러시구나. 이거 하나 마실래요?"

여자는 낡고 해진 가방에서 오렌지 맛 캔 음료수를 하나 꺼내 건네 왔다.

태석은 그걸 잠시 보다가 의심을 사지 않으려고 작게 고개만 까닥여 인사를 한 후 받았다. 치익, 탄산 빠지는 소리가 어쩐지 경쾌하게 들렸다.

안 그래도 좀 더웠었는데, 음료수를 마시자 갈증이 좀 해소가 됐다.

"여기서 뭐 해요?"

음료를 마시기 무섭게 여자가 또 말을 걸어왔다. 태석의 머릿속에 여자가 참 오지랖도 넓다는 생각이 들었다.

"사람, 구경합니다."

"아아, 사람. 한국은 관광 오신 건가 봐요?"

"네, 네."

"근데 오래 계시네요? 저번에 봤던 게 벌써 이 주 전인가 그런데."

"……"

태석은 그 말에는 대답을 하지 않았다. 구체적인 답변이 떠오르지 않았기 때문이다. 하지만 여자는 자기가 말해놓고, 자기가 그냥 넘어갔다. 대신 손을 바지에 슥 닦고 내밀었다.

"이것도 인연인데 통성명이나 해요. 전 은수예요."

"태… 훈입니다."

본명이 아닌 가명으로 대답을 하고는 은수의 손을 잡은 태석은 속으로 좀 놀라야 했다. 여성의 피부라기에는 지나치게 거친 피부가 만져졌기 때문이었다.

'굳은살?'

그것도 손바닥 안에 굳은살이 장난이 아니었다. 손을 놓고 뺄 때 태석은 슬쩍 손등도 바라봤다. 손등에도 굳은살이 있었다. 태석은 순간 직감했다. 이 여인, 무술을 익힌 여인이라고. 그때 여인이 툭, 말을 던졌다.

"손이 좀 거치네요?"

"일이 거칠어서요."

태석은 거기까지 대답하고 고개를 다시 신문으로 돌렸다. 시간은 오후 1시 30분경이고, 연락책이 올 시간은 2시였다. 또 저번처럼 30분을 버텨야 하는 상황이 됐다. 본래라면 별로 지루하지 않을 시간인데, 이번엔 옆에 앉은 은수라는 여자 때문에 지루해질 것 같았다. 하지만 걱정과는 반대로 째깍째깍, 시간은 잘만 갔다. 지잉, 10분 정도 남았을 때 메시지가 왔다. 지하철역 출구만 적혀 있는 단조로운 메시지였다. 태석은 폰을 집어넣고, 신문을 다시 돌돌 말아 챙겼다.

"어디서 왔어요?"

"노르웨이, 에서 왔습니다."

"아아, 그러시구나. 그럼 한국에는 언제까지 있어요?"

"며칠 뒤에 떠납니다."

"그래요? 안타깝네요. 좀 더 태석 씨랑 알고 싶었는데."

"다음에 기회… 가 되면 봅시다."

태석의 눈빛이 착 가라앉았다.

싱긋, 여인은 태석을 보고는 해맑게 웃고 있었다. 그러나 태석은 알 수 있었다. 그 눈빛 속에 숨은 감정들을. 오슬로의 밤거리에서 수없이 봤던 눈빛이었기 때문에 모를 수가 없었다. 가볍게 고개를 숙여 인사를 한 태석은 벤치에서 일어나, 걷기 시작했다. 태석은 웃었다.

"태석… 이라고?"

훗…….

분명 태석은 아까 소개할 때 이름을 태훈이라고 밝혔다. 그런데 여인은 마치 정정이라도 해주는 것처럼 정확한 이름으로 불렀다. 그게 뜻하는 건 하나였다. 처음부터 이름을 알고 있었다는 뜻 말이다.

'어디서 걸렸지?'

아직 3차 테러를 감행하기 전이다.

부산에서의 테러는 조금 문제가 있었지만 그래도 깔끔하게 끝냈다고 생각했는데 벌써부터 꼬리가 잡혔다.

태석은 이해가 안 갔다. 그러면서 한국의 조사 능력에 감탄했다. 이 정도로 빠르게, 이 정도로 정교하게 범인을 특정하고, 꼬리를 붙일 정도다. 여자의 손에 잔뜩 박혀 있던 굳은살도 이해가 갔다.

'경찰인가?'

태석은 바로 고개를 저었다.

자유분방함이 있었지만 테러 사건을 경찰이 조사할 리가 없었다. 테러는 보통 정보국에서 조사를 나간다. 노르웨이로 따지면 보안경찰국(PST)에서 맡을 것이다.

'한국이면 음… 국가정보원인가?'

대한민국 국가정보원(國家情報院, National Intelligence Service, NIS).

조장철에게 듣기로는 지구상 유일한 휴전 국가라 정보국의 능력이 상당히 뛰어나다고 했다. 태석은 마음이 급해졌다. 벌써 꼬리를 잡았으면 이제는 그물을 쳐놓고, 점점 조여올 것이다. 태석은 빨리 정보를 입수해 세 번째 거사를 실행해야겠다고 마음먹었다.

"저기요! 잠시만요!"

갑자기 들려온 은수의 외침에 태석은 그 자리에 멈췄다. 그리고 등 뒤까지 다가온 은수를 향해 태석은 천천히 신형을 돌렸다. 돌아서는 태석의 입가에는 의미를 알 수 없는 자그마한 미소가 걸려 있었다.

"컷! 오케이!"

류승현 감독의 신난 목소리에 지영은 다시 본래의 세상으로 돌아왔다. 고개를 털어 태석을 날려 버린 지영은 고개를 꾸벅 숙였다.

"수고했어요."

"넵! 선배님도 수고하셨습니다!"

류승현 감독의 신난 목소리로 보아 변수만 없으면 아마 신은 충분히 잘 표현이 됐을 거란 생각이 들었다. 영상을 확인한 지영은 만족스러운 표정으로 고개를 끄덕였다. 한사랑의 연기는 나무랄 곳이 없었다.

자신의 감정, 시선, 동작에 맞춰 유기적으로 보조를 맞춰줬고, 대사도 제대로 전달이 됐다. 유해준이 칭찬하는 이유가 있었다. 임수민에게 연기 수업을 받은 효과도 있었다. 한사랑은 확실히 연기에 적합한 재능을 타고났다. 그런 한사랑의 연기에 류승현 감독도 칭찬을 해주고는 지영을 돌아봤다.

"고생했어요, 지영 씨. 다음 신도 한 시간 휴식 뒤에 갈게요."

"바로 안 가고요?"

"네, 해가 살짝 어둑해질 때쯤 찍으려고요. 수연 작가도 그때를 원했어요."

"아아, 네. 알겠습니다."

지영은 고집을 부리지 않았다.

몰입했다가, 풀었다가, 다시 몰입했다가, 다시 푸는 과정에서 얻은 정신적인 피로감이 느껴지고 있지만 작품을 위해서라면 기다릴 용의가 충분히 있었다. 대기실로 들어갔는데 유해준만 보이고, 임수민은 보이지 않았다.

"여, 촬영 끝났어?"

"네. 수민 선배는요?"

"배고프다고 뭐 먹으러 갔어."

"아아."

지영은 고개를 끄덕여 수긍하고 의자에 앉았다.

"다음 신 언제 찍는데?"

"한 시간 정도요?"

"그려? 그럼 눈 좀 붙여도 되겠다. 강 배우도 피곤할 텐데 좀 자둬."

"네."

지영은 의자에 몸을 깊게 묻었다. 그리곤 주머니에서 폰을 꺼냈다. 여러 군데서 메시지가 와 있었다. 지영은 다른 건 제쳐 두고, 은재에게 온 메시지를 확인했다.

[잘 하고 있어? 난 병원 왔어!]

[검사 중! 무섭다……]

[검사 끝! 집으로 가는 길! 근데 집 앞에 기자들이 엄청 몰려왔대! 어쩌지? 유유]

이모티콘을 잘 쓰지 않는 은재는 울음 표시를 한글로 표시했다. 근데 그게 또 귀여웠다. 지영은 그런 은재의 애교에 피로가 사르르 녹아감을 느꼈다. 오늘은 정말 소득이 많은 날이라는 생각이 들었다.

촬영도 순조롭고, 저주를 풀 수 있는 단서를 뜻밖의 사람에게 얻을 수 있을 것 같단 기대감을 가지게 됐다.

지영도 '중간 휴식 중. 들어갔어?' 이렇게 적어 답장을 보냈다. 그러자 메시지 옆에 적혀 있던 숫자 1이 지워지고, 잠시 뒤에 바로 전화가 왔다.

"네."

—나야!

"응, 너야."

—흐흐, 내 남자, 촬영 잘하고 있어?

"그럼, 엔지도 몇 번 없이 순조롭게 찍고 있지."

—흐흐, 역시 내 남자. 점심은?

"아직이야. 그냥 다 끝나고 집 가서 저녁 먹으려고."

—배곯으면 안 돼! 지혜 언니한테 부탁해서 뭐 좀 사다 먹어.

"알았어. 병원에서는 뭐래?"

—흐음······.

은재가 작게 침음을 흘렸다.

하지만 지영은 그 침음에 속아 넘어가지 않았다. 근심이 담겨 있지 않았기 때문이었다.

—쳇, 안 속네? 일단 검사 결과 바로 안 나와서 기다려 봐야
돼.

"결과는 언제 나온다는데?"

—일주일 정도?

"늦네."

—그나마 그것도 은채가 손써준 덕분에 빨리 나오는 거래.

"음… 그래?"

—응, 원래 예약이 많이 밀려 있었대.

"그건 고맙네, 그럼."

인맥으로 먼저 받는 거지만 지영은 큰 거부감은 없었다. 수
술이 아니고, 검사 결과 정도이기 때문이었다.

"몸은 좀 어때? 아침에 좀 안 좋았잖아."

—약을 먹어서 그런가, 지금은 좀 괜찮아. 나는 걱정 말고!
촬영에 집중해!

"그래, 알았어. 뭐 먹고 싶은 건 없고?"

—어머님이 맛있는 거랑 간식도 잔뜩 사다놓으셔서 없음!

"그래, 그럼 수고해."

—응! 내 남자도 수고!

"응."

전화를 끊자 유해준이 옆에서 아주 꿀이 떨어지네, 떨어져,
하고 잠꼬대처럼 중얼거렸다. 놀리는 거였지만 그 정도에 얼굴
을 붉힐 정도로 지영이 숙맥은 아니었다. 눈에 몰리는 피로감

에 지영도 잠시 눈을 붙였다.

30분 정도 쉬는데 스태프가 준비됐다고 알려왔고, 부스스한 기색으로 깬 지영은 얼른 메이크업을 수정하고, 다시 밖으로 나갔다.

현장은 여전히 분주히 돌아가고 있었다. 이제 몰려들었던 팬들도 상당히 떠나서 천이 넘었던 인원이 백 명도 채 남지 않았다.

"오……."

저 멀리 대성그룹의 로고가 새겨진 탑 차 몇 대가 서 있는 게 보였다. 가까이 가서 보니 미디어 쪽 지원 몇 명이 나와서 팬들에게 샌드위치와 음료를 나눠주고 있었다. 지영은 저게 누구 작품인지 바로 알 수 있었다.

'김은채 역시… 머리 하나는 기가 막혀.'

지영의 이미지를 업시키기 위한 방법인 게 분명했다. 이런 사소한 게 확실히 지영의 이미지를 더욱 더 좋게 만들어줄 것이고, 덩달아 은재의 이미지도 좋아질 게 분명했다. 이제 촬영을 준비하려 몸을 돌렸더니 저 멀리서 무술 팀과 합을 맞추고 있는 한사랑이 보였다. 지영은 얼른 그쪽으로 다가갔다.

슥, 슥, 슥.

허리를 비틀고, 상체를 빼고, 목을 틀면서 무술 감독의 손을 피하던 한사랑이 지영을 발견하곤 얼른 자세를 바로하고 꾸벅, 인사를 했다.

"아, 선배님. 나오셨어요?"

이상할 정도로 깍듯한 모습이었지만 지영은 굳이 신경 쓰지 않기로 했다.

"네, 좀 쉬셨어요?"

"넵! 삼십 분 딱 쉬고 나왔습니다!"

싹싹한 한사랑의 대답에 고개를 끄덕인 지영은 무술 감독의 지휘 아래, 한사랑과 합을 맞추기 시작했다.

지영과 한사랑이 합을 맞추기 시작하자 촬영 팀은 더욱 분주해졌다. 걸 그룹 출신이라 그런지 확실히 몸 쓰는 데도 재능이 있었다.

일단 각이 나왔다.

그러니 자세가 나오고, 자세가 나오면 앵글에 담기는 모습도 아름답고, 화려해진다. 그 자체가 바로 '멋'이다.

구부정하고, 어정쩡한 자세에서는 절대로 '멋'이 나올 수 없었다. 20분 정도가 순식간에 지났다.

"잘하네요?"

"헤헤, 군무에 익숙하다 보니 몸 쓰는 게 그리 어렵진 않은 것 같아요."

"그렇겠네요. 그럼 이번 신도 잘 부탁해요."

"넵! 선배님! 저도 잘 부탁드립니다! 그리고 살살 부탁드립니다!"

꾸벅.

한사랑의 인사에 피식 웃은 지영은 아까 신을 마무리했던 곳에 가서 섰다. 지영과 한사랑이 스탠바이에 들어가자, 류승

현 감독이 타임이 좋게 메가폰을 쥐고 입에 가져갔다. 그리고
눈빛으로 물어왔다.

'아유, 레디?'

지영은 천천히 고개를 끄덕였다.

"액션!"

"뭡… 니까?"

자신을 잡은 은수의 손길 때문에 그런지 태석의 목소리는
가늘게 살짝 떨렸다. 씩. 은수는 그런 태석을 올려다보며 웃었
다.

"제가 할 말이 있어서 그런데, 같이 좀 가주시면 안 돼요?"

"나한테… 말입니까?"

뚝뚝 끊어지는 태석의 한국어지만 의미 전달에 큰 차질은
없었다. 은수는 그런 태석의 말에 고개를 끄덕였다.

"네, 그쪽한테요. 제가 그쪽한테 관심이 아주 많거든요."

"저는… 없습니다만."

"에이, 그러지 말고 같이 가요. 나같이 예쁜 여자가 같이 가
자고 하면 영광으로 알아야 되는 거 아닌가요? 그리고 혹시 알
아요? 태석 씨한테… 좋은 일이 생길지?"

"……"

또, 또 태석이라고 불렀다.

태석은 역시 자신이 잘못 생각한 게 아니라고 생각했다. 이
여자는 자신의 정체에 접근한 정도가 아니라, 심증까지 확실히

굳힌 상태였다. 뒤돌아서는 짧은 순간, 태석은 결정을 내려야 했다.

그 순간에 맞춰 은수도 숙이고 있던 고개를 스윽 들었다.

"……"

"……"

두 사람의 시선이 허공에서 부딪쳤다.

시간이 정지한 듯 서로를 응시하는 두 사람의 곁으로 사회인들이 바쁜 걸음을 재촉했다. 사오십 명의 사람이 그렇게 두 사람을 지나칠 때쯤, 은수가 씩 웃으면서 다시 말문을 열었다.

"왜요, 바빠요?"

"……"

"이번엔… 누굴 저격하러 가시려고… 그리 바쁘… 흡!"

하지만 그 웃음도, 그 말도 끝까지 가진 못했다.

저격이란 단어가 나오는 순간 태석이 유령처럼 움직였기 때문이었다. 한 발자국 다가간 그는 손에 쥐고 있던 볼펜으로 은수의 쇄골을 내려찍었다. 손에 잔뜩 박혀 있던 굳은살을 보고 유추했던 것처럼, 확실히 은수는 제대로 수련을 한 게 맞았다. 태석의 펜을 옆으로 틀어 피한 은수가 짧게 숏 어퍼컷을 쳐 올렸다.

고개를 젖혀 피하기 무섭게 무릎이 낭심을 향해 쭉 올라왔다. 일말의 망설임도 없는 과감한 공격으로 보아 경험도 상당히 풍부해 보였다. 하지만 그런 은수의 공격은 태석에겐 이 갈리게 많은 트레이닝을 통해 충분히 예측할 수 있는 범위 내에 있었다. 손바닥을 내려 무릎을 막은 다음 그대로 오금을 잡고 쭉 잡아 당겼다.

"앗……."

와락!

푹.

격하게 끌어안는 모양새가 됨과 동시에 태석의 펜이 은수의 목덜미에 꽂혔다. 그러곤 머리카락을 쓸어 펜을 가리고, 전기에 감전된 것처럼 부르르 떠는 은수를 그대로 껴안았다. 부르르 떠는 은수의 경련이 고스란히 느껴졌다.

"아 씨……."

허탈한 은수의 목소리에 태석은 그녀의 눈을 빤히 바라봤다. 태석은 그래도 이 여자가 운이 좋다고 생각했다.

그 짧은 틈에 고개를 살짝 트는 바람에 급소를 살짝 피해 꽂혔다. 지금 당장 이 여자의 목을 비틀 수는 없는 상황이니 운이 좋아 바로 병원으로 옮겨진다면 아마 목숨을 부지할 순 있을 것이다.

태석은 안은 상태 그대로 은수를 다시 벤치로 데리고 갔다.

연인처럼 다정하게 안긴 은수는 반항하지 않았다. 그녀는 지금 자신의 상태를 아주 제대로 파악하고 있었다. 여기서 반항하는 순간 자신의 목숨은 반드시 끝장난다. 심지어 목에 박힌 펜만 뽑아버리더라도 과다 출혈이 올 수도 있었다.

빌어먹게도 자신을 이렇게 만든 태석이 지금 자신을 살려줄 유일한 사람이라는 아이러니한 상황이 참 슬픈 은수였지만, 그녀는 똑똑하게 행동했다. 어깨를 걸치고 벤치에 앉은 태석은 은수를 돌아봤다.

"살려… 줘요."

은수는 태석에게 힘겹게 그 한마디를 건넸다.

그 애원에 태석은 웃었다.

하지만 은수는 소름이 쭉 돋았다. 입은 분명 웃었는데, 눈은 조금도 웃고 있지 않았다.

감정이 철저하게 배제된 웃음을 보니 은수는 자신이 진짜 사람을 잘못 건드렸단 생각이 이제야 무럭무럭 들었다.

그리고 자신의 동물적인 본능이, 위험한 향을 맡아내는 감각이 이번만큼은 죽도로 미웠다. 은수는 애국심이 투철하다. 하지만 자신의 희생을 토대로 애국하고 싶은 마음은 생존 본능보다 훨씬 미약하고, 나약했다.

"살고, 싶어?"

"네…… . 살려… 줘요."

태석의 말에 은수는 다시 한번 애원했다.

태석은 사실 고민 중이었다. 이 여자를 죽음의 신 하데스에게 인도를 할지, 아니면 그냥 이대로 삶과 죽음의 경계선까지만 인도한 채 물러설지, 정말 고민이었다. 태석은 일단 주변을 돌아봤다.

많은 사람들이 있었다.

지나가다가 힐끔거리고 가는 사람들이 꽤 많았다. 사람을 죽이려면 필연적으로 어떤 동작을 취해야 하고, 그 동작은 당연히 부자연스럽게 마련이다. 그 부자연스러움은 당연히 의심을 살게 자명했다.

결국 태석은 후자를 선택해야 했다.

아직 이 여자의 입을 막아버리는 것도 중요하지만 지금 당장 쫓기지 않는 것도 중요했다. 전자와 후자, 어떤 선택이 위험 부담이 적을까 하는 고민에 태석에겐 후자가 와닿았다.

"죽음의 여신이, 당신, 과 함께하기를."

뚝뚝 끊어지는 발음으로 그렇게 말하고는 그녀가 입고 있던 야상을 다시 여며줬고, 머리카락으로 목에 박힌 펜도 잘 가려줬다. 그러곤 벤치에서 일어났다. 태석이 일어나자 은수의 파르르 떨리는 시선도 같이 올라왔다.

"……."

"……."

입술을 깨물고 있는 그녀의 눈빛은 분노와 감사함을 동시에 내비치고 있었다. 피식. 그래서 태석은 그 눈빛을 보고 웃었다. 지극히 솔직한 감정이라 웃음이 안 나올 수가 없었다. 그리고 부럽기도 했다. 태석은 언젠가부터 잊어버린 감정 표현이었기 때문이었다. 펄럭 소리가 나게 돌아선 태석은 다시 지하철 쪽으로 걸었다.

지잉, 지잉, 지잉.

걷는 도중에 걸려온 전화에 폰을 꺼내는 태석.

"응, 형. 아니야. 지금 가고 있어. 응. 응. 알았어. 거기서 봐."

뚝.

가벼운 대화 끝에 전화를 끊은 태석은 저도 모르게 고개를 돌렸다. 저 멀리 벤치에 위태롭게 기대고 있는 은수의 모습이 인파 사이로 잠시간 보였다가 사라져서 다시는 보이지 않았다. 너무 많은 시민들 때문에 확실히 끝내지 못한 찝찝함이 남아 가슴을 간질였다. 하지만 주변에 제복 입은 경찰들이 너무나 많다. 시위라도 있을 모양인지 의경 버스까지 등장했다. 태석은 의경들의 등장에 은수는 깨끗하게 포기했다.

제아무리 태석이라도 저 정도 수에 휩싸이면 멀쩡히 도망치긴 불가능하기 때문이었다. 그렇게 몸을 돌린 태석은 바로 지하철 계단을 향해 걸었고, 인파에 스며들어 사라졌다.

"컷! 수고했습니다!"

류승현 감독의 사인에 지영은 막 계단을 내려가던 걸음을 멈추고, 다시 위로 올라왔다.

"감사합니다. 감사합니다."

다시 돌아가면서 촬영이 끝나자 지영에게 손을 흔드는 팬들에게 인사를 한 지영은 바로 한사랑에게 달려갔다.

"흐잉……."

한사랑은 목을 부여잡고 눈물을 그렁그렁하게 매달고 있었다. 아까 펜으로 한사랑의 목을 찌르는 순간 합이 안 맞아 좀 세게 찍혔다.

끝이 뾰족하지 않고 평평하지만 그래도 꽤 세게 찍혔기 때문에 꽤나 아팠을 것이다. 아니, 많이 아팠을 것이다. 한사랑이 지금 눈물을 매단 게 그 증거였다.

"괜찮아요?"

"네… 힝."

그래도 펑펑 울지는 않고 있었다.

"미안해요. 조절을 잘못했어요."

"아닙니다……. 제가 합을 못 맞췄어요……."

한사랑은 눈물을 닦고 다시 밝게 웃었다. 한사랑의 말처럼 실수는 그녀 본인이 했다. 원래는 좀 자세를 숙였어야 했는데 놀랐는지 몸을 뻣뻣하게 세우는 바람에 세게 찍혀 버렸다. 그걸 그녀도 알았는지 지영의 사과에 고개를 젓고는 자신의 잘못이라고 하는 한사랑을 보며 지영은 미안한 마음을 감추지 못했다.

그리고 대견하게 생각됐다.

아픈 와중에도 대본대로 신음 하나 흘리지 않고, 그대로 연기를 이어갔기 때문이다. 연기 경력이 있는 배우들이야 합이 안 맞아도 그냥 그대로 신을 이어가지만, 이제 경력 2년 차에 들어가는 한사랑이다.

이 정도로 참고 한 것만 해도 대단한 일이었다. 그녀의 매니저가 저 멀리서 헐레벌떡 달려왔다.

"사랑아, 괜찮아?"

"네, 언니."

훌쩍, 끄응!

코를 훌쩍이곤 눈물을 슥 닦아낸 한사랑이 그래도 밝게 웃었다. 지영은 그녀의 매니저에게 고개를 숙였다.

"죄송합니다."

"아. 아니에요……."

지영의 인사에 매니저가 당황해서는 손사래를 쳤다. 다른 연예인 같았으면 '아, 조심했어야죠!' 하고 소리쳐도 이상하지 않지만 사과를 한 당사자가 강지영이다. 나이는 고작 스물밖에 안 됐지만 감히 손대기 어려운 아우라에, 경력에, 연기 능력에, 과거까지 가진 배우라 나이 마흔이 다 되어가는 베테랑 매니저도 어려울 수밖에 없었다.

"왜 그려? 어디 다쳤어?"

유해준이 임수민과 함께 다가왔다.

"팬에 세게 찍혔어요."

지영이 설명해 주자 유해준이 혀를 쯔쯔 찼다.

"저런, 어쩌, 이걸. 얼른 병원에 가봐야 하는 거 아녀?"

아무리 몸을 풀었어도, 아무리 끝이 평평해도 제대로 찍히면 아프게 마련이었다. 그리고 귀 밑쪽은 평소에 잘 쓰이지 않는 부위라 아마 금방 근육이 뭉칠 것이다.

지금도 한사랑의 목이 움찔거리고 있었다. 근 경련이 벌써 오고 있는 것이다.

"이거 안 되겠네. 양 실장, 얼른 애 병원 데리고 가봐."

유해준이 그걸 보며 한사랑의 매니저에게 말하자 '안 돼요!' 하고 빽 소리친 한사랑이 벌떡 일어났다. 시선이 몰리자 한사랑은 우물쭈물하면서 입을 열었다.

"그, 저… 아직 오케이 났는지도 모르고, 재, 재촬영할 수도 있으니까 다 끝나고 갈게요!"

"아녀, 나도 이렇게 찍혀봐서 아는데 이거 빨리 수습 안 하면 후유증 오래 가."

"아니에요, 선배님! 저 정말 괜찮습니다!"

한사랑의 박력 넘치는 대답에 유해준은 어깨를 으쓱했다. 이렇게까지 말하는데 강제로 보내는 것도 웃기기 때문이다. 그리고 사실 영화를 찍다 보면 이런 일은 비일비재했다. 심지어 지영은 노르웨이에서 차량 추돌 신도 직접 소화했다. 물론 적당한 속도로 달려오던 차였지만 그런 신을 스스로 소화하는 배우는 정말 극히 드물었다. 그래서 대역배우들, 액션배우들이 많이 다쳤다.

액션 영화면 주연배우도 다쳤다.

격렬한 전투 신을 찍다 보면 부상은 필수불가결한 요소였다. 하지만 유해준과 임수민도, 류승현도, 지영이나 류승연도 한사랑에게 거기까지 바라진 않았다. 그런데 지금 그녀는 그런 책임을 지겠다고 하고 있었다.

"사랑이 대견하네."

임수민이 손을 뻗어 한사랑의 머리를 쓰다듬었다. 키가 상당히 큰 한사랑이고, 반대로 작은 임수민이라 좀 모습이 웃기긴 했지만 그래도 훈훈함은 금방 피어나서 둥실둥실 떠다니기 시작했다.

"일단 신부터 확인하고 문제없으면 병원으로 가는 걸로 해요. 사랑 씨, 이 신 끝내면 오늘은 끝이죠?"

"네, 선배님!"

한사랑이 힘차게 대답하자 유해준이 손뼉을 치며 호응했다.

"그럼 되겠네. 일단 영상부터 확인하자고."

우르르 몰려가서 영상을 확인하기 시작했다. 지영이 뒤돌아서는 순간부터 긴장감이 감돌았고, 대사를 주고받은 뒤에 딱 10초 정도의 짧은 격투 신이 이어졌다.

"어이그! 제대로 꽂혔네!"

유해준이 픽 소리가 날 정도로 꽂혀 버린 뭉뚝한 펜을 보며 한마디 하자 다들 고개를 끄덕였다. 하지만 그런 와중에도 한사랑은 훌륭하게 연기를 소화했다. 이후 연인처럼 다정하게 벤치까지 가는 장면, 벤치에 앉아 짧게 눈빛, 대사를 주고받는 장면까지 퍼펙트했다.

"오케이. 좋네요. 더 안 찍어도 되겠어요, 하하."

"그러게, 잘 나왔네."

류승현 감독이 오케이 사진을 내리고, 임수민과의 마지막 신을 찍기 위해 좀 전에 도착한 류승연의 말에 지영을 포함한 연기자들은 얼른 한사랑을 재촉해 병원으로 보냈다. 그녀가 병원으로 떠나자 유해준이 다가왔다.

"너도 끝났지?"

"네."

"어쩔 겨, 갈겨?"

"음……"

시계를 보니 다섯 시가 다 되어가고 있었다.

"오늘은 이만 들어갈게요."

"그려그려. 잘 들어가고, 내일모레 보자고."

"네, 선배님. 선배님도 수고하세요."

"응, 얼른 들어가."

어차피 임수민과의 만남은 나중으로 미뤘으니 굳이 여기 남아 있을 필요는 없었다. 막 감정에 몰입 중인 류승연은 그냥 재치고, 감독과 스태프들에게 인사를 한 지영은 팬들에게도 인사와 손을 흔들어주곤 촬영장을 벗어나 김지혜가 끌고 온 차에 올라탔다.

"집으로 갈까요?"

"네."

지영은 그렇게 답하고 눈을 감았다. 한정연과 이성은은 가는 내내 아무 말도 안 했다. 지영의 피곤함을 알기 때문이었다. 감정을 많이 소모하는 만큼 끝나고 나면 항상 이렇게 방전 아닌 방전 상태가 되는 지영이었다. 특히 요즘 지영의 주변은 너무나 시끄러운 상태라 신경 아닌 신경을 더 쓸 수밖에 없었다.

게다가 이런 사위가 뻥 뚫린 곳에서의 촬영은 지영을 심적으로 상당히 괴롭혔다. 물론 오늘은 아무런 일도 안 일어났지만 혹시 모르는 곳에 어떤 불순한 의도를 가진 이들이 있었을 수도 있다.

그래서 오늘 촬영은 이래저래 피곤했다.

하지만 촬영은 무사히 끝났고, 유난히 피곤했던 하루를 마치고 지영은 집으로 향했다.

Chapter51
환생자, 임수민(2)

영화 촬영은 무난하게 흘러갔다. 하지만 지영과 지영의 주변 사람을 둘러싼 오성의 공작은 무난하게 흘러가지 않았다. 공격은 거셌다. 점점 수위가 올라가더니 드디어 슬슬 강상만까지 언급하기 시작했다.

현 검찰총수의 아들과 대성 로열패밀리에서 낳은 사생아와의 부적절한 관계.

증권가 찌라시보다도 못한 저급한 루머가 만들어졌고, 그 소문은 온라인에서 급격하게 퍼졌다. 임미정은 이래서는 안 되겠다 싶어 지영과 강상만에게 법적 대응을 하는 게 좋겠다고 말했다. 가만히 있는 건 절대 해결 방법이 안 된다는 게 이유였다. 지영도 동의했다. 이런 말이 있다.

사람이 가만히 있으면 가마니로 본다고.

임미정은 침묵은 일을 키우는 거라고 말했고, 가족의 동의를 얻어 법적 대응을 시작하려 했지만 시작부터 문제가 생겼다. 루머의 진원지를 찾을 수 없었기 때문이다. 퍼다 나른 엄한 사람도 물론 죄가 있지만 그런 네티즌들을 전부 고소할 수는 없는 노릇이었다. 확실하게 경고 메시지를 보내긴 했지만, 결국 상황을 잠재우려면 최초 유포자를 찾아야 했다. 그런데 문제는 유포자를 찾을 수가 없다는 것이었다.

확실히 전문가들이라 그런지 아이피를 경유했는데 이걸 찾으려면 몇 년은 걸린다는 법무 팀의 말에 임미정은 하아, 한숨을 내쉴 수밖에 없었다. 하긴, 오성이 그리 일을 허술하게 했을 리가 없었다.

하지만 지영에게는 다른 카드가 있었다.

임미정의 말은 들은 지영은 바로 부뚜막에 의뢰를 넣었다. 부뚜막은 시간이 좀 걸릴 거라고 했다. 천하의 부뚜막이 그런 소리를 할 정도면 진짜 전문가는 전문가란 생각이 들었다.

오성의 언론은 연일 공격을 펼쳤다.

대성의 언론은 연일 방어를 펼쳤다.

두 그룹간의 총성 없는 전쟁은 치열했다.

일반인들까지 피부로 느낄 수 있을 정도로 수위가 올라갔다. 조만간 한계선까지 가득 차 더럽고 구역질 나는 오물이 흘러넘칠 것 같은 불길한 예감까지 들 정도였다. 정부는 조용했다. 두 그룹이 대한민국 내에서 차지하는 인력 자원 고용수가 엄청난 데도 정부는 조용했다. 보통은 이렇게 쌈박질이 나는 경우 조율을 해주기도 하는데 그런 것도 없는 걸 보면 이재성 대통령도 참 대단한 인물이었다.

온라인은 전쟁터였다.

지영의 팬클럽 소정도 결국 고삐가 풀려 버렸다. 그렇게 당부를 했지만 카페 임원진으로 그 아래 몇십만의 팬들을 장악하기엔 무리가 따랐다. 결국 지영에 관한 모든 루머 글에는 항상 소정의 팬클럽 회원들이 들이닥쳐 키보드 워를 벌였고, 그걸 구경하는 사람들로 그 글은 항상 사람들이 상주했다.

그 글은 인기 글이 되었고, 곧 기자들에 의해 SNS로 퍼졌다. 여기서 지영이 받은 이미지 타격이 없지는 않았다. 은재도 마찬가지였다. 그녀에게는 어쩔 수 없이 꼬리표처럼 사생아란 딱지가 따라붙었다.

더럽다며 그녀의 책을 사서 화형식을 벌이는 사진을 찍어 인터넷에 올리는 사람도 생겼고, 그녀의 옛날 사진에 정체 모를 우윳빛 점성액을 뿌려놓고 입에 담기 힘든 언어로 도배한 루머를 올리는 이들도 있었다.

여자인 은재에게 그런 사진은 최악 중에 최악이었다.

하지만 은재는 그러한 것들을 알면서도 반응하지 않았다. 그런 거에 신경 쓰지 않는 대인배적 면모를 보여줬지만 그녀 대신 나선 사람이 있었다. 바로 그녀의 이복 언니, 김은채였다. 비서에게 은재에 대한 모든 온, 오프라인 보고를 듣는 김은채는 듣는 순간부터 그걸 절대로 좌시하지 않았다.

하지만 바로 움직이지 않았다.

그녀는 때를 기다렸다.

가장 활활 타오를 때까지 기다렸다가, 김조선이 붙여준 법무 팀과 함께 멍청한 새대가리들을 모조리 고소했다. 그저 커뮤니티에서 인기 한번 얻어보겠다고 헛짓거리를 한 네티즌들에게 고소장이 휘리릭 날아갔다. 예쁘게 날아든 고소장은 낄낄거리던 네티즌들을 멘붕시키기에 아주 충분했고, 덜덜 떨며 인증글이 올라오면서 은재에 대한 고의적, 악의적인 글들을 상당히 자제시키는 효과를 낳았다.

은재는 그런 것들을 아는지 모르는지, 그저 평범하게 하루하루를 보냈다. 지영도 마찬가지였다.

이제 후반부에 들어간 촬영에만 신경을 쏟을 뿐, 모든 상황은 강상만과 임미정에게 맡겨놓고 있었다. 또한 임미정이 근무했던 로펌과 계약을 맺고는 법률적인 일은 모두 그곳에다가 일임해 놔서 한결 편하게 촬영에 임할 수 있었다.

그렇게 임수민과의 대화 이후 2주가 순식간에 지나갔다.

정보 상인 접선 신, 부모님의 형제자매를 찾아가 조용히 지켜보고 돌아오는 신까지 마무리했을 때, 임수민에게 연락이 왔다.

*　　　　*　　　　*

임수민의 초대를 받은 지영은 그날 바로 그녀를 찾아갔다.

그녀의 집은 그리 멀지 않았다. 지영의 집에서 걸어서 30분 거리였지만 그냥 안전하게 김지혜에게 부탁해 그녀의 집에 방문했다.

지영의 집처럼 정원이 딸린 저택의 벨을 누르자 삐, 소리가 나고 문이 열렸다. 김지혜에겐 돌아가도 좋다고 했지만 근처에서 기다리고 있겠다고 해서 지영은 그냥 고개를 끄덕였다. 본인이 기다리겠다는데 굳이 물리지 않았다.

안으로 들어가자 교육을 잘 받았는지 헥헥거리기만 하는 대형견 두 마리가 지영을 먼저 반겼다.

임수민은 현관 앞에 서 있었다.

"어서 와요."

갑자기 존대?

이제는 임수민과 겹치는 신이 없어 그날 보고 처음 보는 임수민이다. 지영이 잠깐 고민하다가 안녕하세요, 하고 인사를 받자 임수민은 그냥 소리 죽여 웃었다.

"들어와요."

"실례하겠습니다."

임수민의 집은 현관부터 깔끔했다. 아니, 지극히 심플했다. 보통 여성이 좋아하는 화사함, 러블리함과는 거리가 지구와 안드로메다급의 거리가 있을 정도였다. 화이트 바탕의 깔끔한 벽지에 필요한 가구만 딱딱 배치되어 있었다.

가장 큰 인테리어 소품은 임수민의 전신사진 몇 장이 전부일 정도였다. 지영은 그런 거실을 보며 딱 자신의 방을 떠올렸다.

"앉고 싶은 데 편히 앉아요."

"네."

지영이 소파에 앉자 임수민이 주방으로 들어가며 물었다.

"물? 술? 주스?"

"이거나 마시죠."

지영이 손에 든 종이 가방을 들자 임수민은 또 소리 죽여 웃었다.

"와인인가요?"

"아뇨, 전통주입니다."

"그래요? 주전부리 좀 챙겨갈게요."

임수민은 거절하지 않았다.

10분 후에 그녀가 술잔과 각종 전을 챙겨 거실로 나왔다.

"백상 오디주네요?"

"네."

"변기통 뚫는다던데? 지영 씨 소변 잘 못 봤나요?"

"……"

피식.

지영은 대답 대신 그냥 웃고 말았다.

어째, 이 여자도 송지원과 비슷한 모습을 조금씩 내비치려 하는 것 같았다. 그녀는 다시 냉장고로 가 얼음을 통에 가득 담아 왔다. 그리고 얼음 통에 술병을 넣고는 지영을 바라봤다. 지영은 그녀의 시선에 긴장하고, 기대했다. 그런데 그건 그녀도 마찬가지인 것 같았다. 두 사람은 그 긴 삶을 살면서 처음 만났다.

지영은 천 번째에, 눈앞의 임수민은 천하고 열 번째에 말이다. 그러니 어째 안 설렐 수가 있을까. 다만 그간의 삶이 너무나 길어 서로 감정을 숨기고, 서로의 눈만 바라보고 있었다.

"대화는 역시… 차근차근하는 게 좋겠죠?"

"음… 밤은 깁니다."

지영은 그렇게 말하고 폰을 꺼내 김지혜에게 돌아가라고 한 다음, 아예 폰을 꺼버렸다. 지금부터의 시간은 누구에게도 방해받고 싶지 않았다. 이 시간은 솔직히 지영이 일주일을 기다려 왔던 시간이었다.

다른 사람도 아니고 환생자다.

자신과 동류란 말이다.

어쩌면 임수민은 지영이 모르는 비밀을 알고 있을 거란 기대감을 매일 품고 있었다. 그러니 기대가 됐다.

'이 저주스러운 고리를 끊어낼 수만 있다면……'

아마 지영은 영혼이라도 팔 수 있을 것이다.

그런 생각을 하는데 임수민이 말문을 열어 첫 질문을 지영에게 휙 던졌다.

"지영 씨는 남자가 많았어요, 여자가 많았어요?"

"음… 저는 대부분 남자였습니다."

"저는 처음부터 지금까지 여자였어요."

"…음?"

"단 한 번도 남자로 태어난 적이 없었어요."

"아……."

여기서 갈리는 건가?

혹시 환생자가 아닌가?

'아니, 그럴 리가 없지. 환생자가 아니면서 폭군 이건을 기억하는 건 말이 안 돼.'

그 시절의 언론이라 할 수 있는 모든 것, 백성의 입까지 봉하고 또 봉해 지워 버린 오욕(汚辱)의 왕, 폭군 이건. 그를 안다는 것 자체가 그녀가 환생자라는 증거가 될 수 있었다. 그리고 아무리 그녀가 연기를 잘한다고 하더라도 지영의 감각을 피할 수는 없었다. 지영의 감은 지금 그녀의 말이 절대 거짓이 아니라고 얘기하고 있었다. 이런 감각 또한 수없이 많은 삶을 살면서 영혼에 각인된 능력이자 저주이기 때문에 틀릴 가능성은 한없이 제로에 가까웠다. 물론 세상에 '절대'는 없지만 그 절대에 가까울 수준은 충분히 됐다.

"처음 시작은 언제였어요?"

"곰에, 인간의 발과 손을 가진 동물을 본 적이 있습니까?"

지영이 대답 대신 그렇게 묻자 그녀는 잠시 눈을 감고 생각에 잠겼다. 그녀의 사색은 오래 걸리지 않았다. 20초쯤 지나 눈을 뜬 그녀가 대답했다.

"있어요. 아홉 번째 삶에서. 나 그놈한테 먹혔거든요."

"…전 그게 시작이었습니다."

"아하, 그럼 비슷하네요."

"수민 씨의 처음은요?"

"아무도 없었어요. 유사 인종은 있었는데 인간은… 없었죠. 아니, 있었는데 내가 너무 홀로 떨어져 살았을 수도 있어요."

진화론이냐, 창조론이냐.

관련 업계 학자가 아닌 일반인들에게는 크게 신경 쓸 일은 아니었다. 하지만 두 사람에게는 아니었다.

엄청 신경 써야 할 주제였다.

자신들의 존재가 자연스럽게 진화한 존재인지, 아니면 누군가가 '만들어낸' 존재인지, 이게 정말 중요했다.

전자라면 그나마 나은데, 후자라면 '신'의 존재를 '인정'해야 했기 때문이다. 신의 존재가 위로 올라오면 이건 시작부터 다시 생각해야 했다.

종과득과(種瓜得瓜).

오이를 심으면 오이가 나듯이 이유(원인, 목적) 없는 결과는 없다가 지영의 지론이었다. 세상 모든 일에는 이유를 담은 과정이 있어야만 결과로 나왔다.

"자손을 낳은 적은 있습니까?"

이번엔 지영이 물었다.

"물론이죠. 지영 씨는요?"

"저도 있었습니다. 언제부터였습니까?"

"꽤… 일러요. 두 번째였나? 세 번째였나. 그때부턴 종족 번식이 가능한 인간이 있었어요."

"흠……."

"좀 이상한 것에 이끌린다는 느낌 못 받았어요?"

"받았습니다."

"그것도 비슷하네요."

그때는 왜 그랬는지 모르겠지만, 지영은 첫 번째 삶에서 거의 사냥, 휴식, 성행위만 했다. 그럼으로써 종족의 번식을 최우선으로 따졌다. 지영은 그걸 '시대의 명령'이라고 명명했다. 엿같은 명령이었다.

그것 때문에 복상사(腹上死, 성행위 중 사망)했으니 말이다. 지영은 아직 자세하게 물어보진 않았지만 임수민도 분명 그랬을 거라고 생각했다. 임수민은 적당히 시원해진 오디주를 따서 가져온 유리잔에 따라 지영의 앞에 밀어줬다. 그리고 자신의 잔에도 따랐다.

"건배할까요?"

"……."

지영이 대답 대신 잔을 들어 올리자, 임수민이 옅은 웃음과 함께 건배사를 읊었다.

"천 번이 넘는 환생 끝에 만난… 서로를 위하여."

땡!

지영은 그 말에 피식 웃음을 흘리고는 잔을 부딪쳤다. 그녀에게도, 지영에게도 그리 유쾌한 건배사는 아니었다.

천 번이 넘는 환생 끝에 만난 환생자라……. 이 무슨 어처구니없을 정도로 오래 걸렸단 말인가. 그래서 지영은 임수민의 말에 100% 공감할 수밖에 없었다.

"맛있네요. 그거 알아요?"

"뭘 말입니까?"

"이 오디주, 아마 지구상에서 제가 처음 만들었을 거예요."

"……."

임수민은 그렇게 말하며 쿡쿡 웃었다.

오디주의 기원이 어떻게 되는지는 모르지만, 임수민의 말이 거짓이라는 생각은 조금도 들지 않았다.

따지고 보면 사실 포도주도… 아마 지영이 가장 먼저 만들었을 테니 말이다. 물론, 그걸 증명할 어떤 것도 없었고, 증명할 생각도 없었다. 달달한 오디주가 한 모금 들어오자 가슴속에 싸한 알코올 기운이 감돌기 시작했다. 기분 좋은 싸함이라 지영은 저도 모르게 작게 미소 지었다.

"맛있네요."

"그러게요."

임수민의 말에 지영은 간단하게 대답해 주고 남은 오디주를 마저 마셨다. 따뜻함이 가슴 전체로 퍼져 나갔다. 그녀도 남은 술을 다 마시고, 다시 지영의 잔과 자신의 잔에 술을 따랐다. 쪼르르. 붉은 오디주가 마치 와인처럼 보였다.

병을 다시 얼음 통에 넣은 그녀가 말을 이었다.

"열 번 정도의 삶은 뭔가에 홀린 듯이 종족 번식만 했어요. 분명히 생각할 사고 의식은 지니고 있었는데 왜 그랬는지 모르겠어요."

"저도 그랬습니다. 저는 그걸 시대의 명령이라고 불렀습니다."

"저는 천명이라고 불렀어요."

천명(天命).

하늘 천(天)자에, 목숨 명(命).

정해진 수명이라고 풀이할 수도 있지만 대개는 하늘에서 내린 명령이란 뜻으로 더 많이 쓰인다. 부르는 건 달랐지만 뜻은 거의 대동소이했다. 그리고 임수민이 그렇게 이름을 붙인 걸 보니 어느 대륙에서 많이 태어났는지 알 것 같았다.

"중국에서 많이 태어났습니까?"

"네. 땅덩어리가 커서 그런가? 이상하게 중화권에서 많이 태어나더라고요. 근데 또 이상하게 그 땅에 대한 애착은 없어요."

"저도 그렇습니다. 이상하게 이쪽 동북아시아에서 많이 태어나더라고요. 아, 일본은 한 번도 없었습니다."

"그래요? 이상하네."

"뭐가 이상합니까?"

"저는 일본에서도 꽤 많이 태어났거든요."

"아……."

이 역시 지영과 임수민은 좀 달랐다.

환생자라고 모든 것이 같은 건 아니라는 걸 지영은 알 수 있었다. 끝없이 환생한다는 조건은 같지만, 삶의 과정은 다르다는 소리였다. 하지만 지영은 그 정도는 이해했다. 아니, 이해 정도가 아니라 안도까지 했다. 만약 임수민이 똑같은 삶을 살았다면? 그녀에게 들을 이야기는 솔직히 없는 거나 마찬가지였다. 말 그대로, 똑같이 살았는데 들어서 뭐 하겠는가.

"지금 시대는 참 축복받았어요. 처음엔 진짜… 성병 때문에 엄청 고생했거든요."

"…저도 그랬습니다."

"민간요법이란 것도 아예 없던 시대잖아요. 붓고, 곪고, 찢어지고. 후우, 그때 생각만 하면 진짜 치가 떨려요."

"……."

그럴 만도 했다.

지금이야 의학이 많이 발달해서 성병 자체를 조기에 예방은 물론, 걸린다고 해도 약물로 인해 충분히 치료가 가능했다. 하지만 그 시대는 위생(衛生)에 대한 개념 자체가 없었다. 그래서 예방은커녕 걸리면 그대로 목숨까지 잃게 되는 경우가 허다했다. 그 시대에 지영도 그랬다. 성병에 걸려 퉁퉁 붓거나, 기능 자체를 상실하는 경우도 있었다. 갓 태어난 아기들도 마찬가지였다. 따뜻하게 할 줄만 알지, 그 외에 것은 아무것도 몰라 수많은 신생아들이 태어나고, 죽었다.

짐승에게 당하는 경우보다 비위생적 환경에서 탈이 나 죽는 경우가 훨씬 더 많았으니 말 다했다.

그러니 임수민의 말처럼 그런 시대에 비하면 지금은 그야말로 천국이나 다름이 없었다.

"모든 기억은 다 가지고 있죠?"

"네. 수민 씨는 어떻게 관리합니까?"

"저는… 큰 공간 안에 싹 넣어져 있어요. 마치 창고처럼요."

"전 서랍의 형태입니다."

"서랍이요?"

흥미가 도는지 임수민이 눈을 동그랗게 뜨고 되물어왔다. 지영은 술로 입을 축이고는 그 질문에 대답했다.

"네, 지금까지 삶의 개수인 구백구십구 개의 서랍이 있고, 그 안에 각 삶의 기억을 넣어둔 형태입니다."

"오, 그건 간편하겠네요. 저는 뭉뚱그려 싹 들어가 있어서 떠올리려면 시간이 좀 걸리거든요."

"……"

지영은 대답 대신 고개만 끄덕였다. 확실히 임수민의 기억 관리법보다는 자신의 기억 관리법이 훨씬 편안하단 생각 때문이었다. 창고에 물건을 쌓아두면? 나중에 필요할 때는 다시 찾아야 했다. 이유야 당연히 아무렇게나 쌓여져 있기 때문이다. 그러려면 당연히 시간이 걸리고, 귀찮고 복잡해진다. 하지만 지영은 숫자를 먹인 서랍이 있으니 찾을 필요가 없었다. 필요하다면 열면 그만이기 때문이었다.

"신기하네요. 이런 일이 올 줄은… 정말 예상도 못했었는데."

"저를 보자마자 의심했다면서요?"

"그러기야 했죠. 그런데 마음 한편에는 분명 아닐 수도 있단 생각이 있었어요. 기대를 가지고 있었지만 아닐 경우에 대비해 어느 정도 낙담도 같이했었단 소리예요."

"저는 아예 생각도 안 했습니다. 아니, 못 했다가 맞겠네요."

"후후, 저도 어릴 적 지영 씨를 보기 전까진 마찬가지였어요. 하지만 딱 보자마자 어느 정도 느낌이 왔죠. 불가능한 일을 하는 여덟 살 어린이. 네 살 때 증거물까지 확보해 성추행범을 잡을 정도의 사고 능력에 실행 능력까지. 거기까지 알고 나서는 의심을 안 할 수가 없었죠."

"……."

"그리고 결정적으로 맞물렸던 시대의 증거까지 나왔죠. 심증은 거의 확신이었어요."

"그런데 왜 그때 바로 절 찾아오지 않았습니까?"

"지원이랑은 좀 늦게 친해졌거든요."

"아……."

"당신이 하이재킹을 당한 이후에 친해져서, 폭군 이건에 대한 이야기를 늦게 들었어요. 그걸 먼저 들었더라면 아마 들은 그날 바로 찾아갔을 거예요."

임수민은 그렇게 답하며 술을 쭉 들이켰다.

표정 변화가 별로 없어 보이던 그녀의 얼굴에는 지영과 대화를 시작한 이후 항상 일정한 미소가 유지되고 있었다. 기뻐 보이는 미소였다. 아주 순수하게 현 상황을, 자신과 똑같은 존재를 만나게 되어 나온 아주 즐거운 미소였다.

다만 티가 그리 나지 않았다.

하지만 지영은 감으로 알 수 있었다.

임수민은 지금 자신처럼 이 상황에 매우 집중하고, 흥분하고, 기뻐하고 있음을 말이다.

"당신이 다시 돌아오고, 영화를 찍는다고 했을 때 먼저 연락한 것도 나예요. 당신과의 접점을 만들어야 했거든요. 그리고 지켜봤어요. 확신은 섰지만, 그래도 지켜봐야 했죠. 조심스러운 당신처럼 말이죠."

"좀 더 일찍 물어봤어도 좋았을 겁니다. 전 당신이 저와 같은 환생자일 줄은 꿈에도 몰랐으니까요."

"그러고 싶었지만 전에도 말했듯이 당신 눈빛이 너무 살벌했다니까요? 주변에서 주시하고 있는 사람도 많아서 쉽게 접근하기도 힘들었고요. 그래도 얼마 전에 당신은 유은재 양? 그녀 때문에 그런지 여유가 있어 보였어요. 그래서 말을 걸었죠. 만약 처음과 같았다면 저는 좀 더 기다렸을 거예요."

"……"

임수민의 말에 지영은 이번에도 대답 대신 고개만 끄덕여 수긍했다. 하긴, 확실히 그랬다. 처음 돌아왔을 때의 지영은 그리 정상적인 상태는 아니었다. 환생의 경험이 있어 밖으로 나돌아다니기도 하면서 정상적인 생활을 했지, 일반인이면 어림도 없었다. 두려움에 떨며 집에 콕 처박혀 있었을 것이다. 하지만 지영도 탈출 과정, 복수 과정에서 생긴 살심이 빠지지 않아 상당한 곤욕을 치렀다.

임수민은 그걸 단번에 알아본 것이다.

그걸 생각하니 차라리 임수민의 선택이 옳았단 생각도 들었다.

"그나저나 이번 삶은 꽤나 화려하게 사네요?"

"원해서 이렇게 만든 건 아닙니다. 그저 가다 보니 이렇게 되어 있었을 뿐입니다."

"후후, 그래도요."

"당신은? 당신은 이번 삶을 어떻게 살려고 했습니까?"

"후후, 전 이번 생은 평범하게 살려고 했어요. 다행히 외모는 가지고 태어나서 비교적 먹고살기 편한 배우의 길로 들어섰죠. 들어서서도 크게 티를 안 내려고 했어요. 편하게 먹고살 만한 돈만 벌 목적이었거든요. 그렇게 살려고 했어요. 한평생. 당신을 만나기 전까진 말이죠."

"……."

"천 번의 넘는 환생 끝에 드디어 같은 환생자를 만났어요. 어쩌면… 우리가 서로 힘을 합친다면 이 저주의 족쇄를 끊을 수 있는 방법을 찾아낼 수 있을지도 몰라요. 그런 상황이니 이제 평범한 삶은 조금씩 물 건너가고 있는 게 느껴져요."

그렇게 말하는 임수민의 얼굴에는 홍조가 들어서기 시작했다. 술기운 탓도 있겠지만 그녀는 지금 아마 한껏 흥분한 상태일 것이다. 성적인 흥분 말고, 진심으로 저주를 벗어날 수 있단 기회를 잡아 온몸에 스며든 흥분이었다. 근데 그건 지영도 마찬가지였다. 아니, 였었다. 지금 임수민의 말만 아니었다면 말이다.

그녀는 서로 힘을 합치면 족쇄를 끊을 수 있는 방법을 찾아낼 수 있을지도 모른다고 좀 전에 말했다.

그 말은 곧 본인 스스로는 지금 방법을 모른다는 뜻도 됐다.

"왜요. 제가 방법을 몰라서 아쉬워요?"

표정에 나타났는지 임수민은 그렇게 말해왔고, 지영은 순순히 고개를 끄덕였다.

"네, 사실 기대하고 있었습니다. 혹시 수민 씨는 알고 있을까 하는 기대요."

"동감해요. 나도 그랬으니까요. 하지만 대화하다 보니까 어째 당신도 모를 것 같더라고요. 우리에게 주어진 선물인 육감이 말이죠."

피식.

선물이라…….

그래, 선물이라 생각하면 선물일 수 있었다.

육감은 분명 삶에 도움을 주면 줬지, 피해를 끼치는 건 아니었으니까.

"지금이라도 만나서 다행인 게, 앞으로 우린 시간이 많아요. 천천히, 천천히 머리를 맞대고 고민해 봐야 할 거예요. 만약 이번 생을 놓치면… 또 언제 이런 기회가 올지 알 수 없으니까요."

"동감합니다."

지영은 그 의견엔 전적으로 동감했다.

보니까 항상 같은 시대에 태어나는 건 아닌 것 같았다. 그건 지금만 봐도 그랬다. 지영은 20대, 임수민은 40대다. 이미 20년 차이가 넘게 났다. 또 시작도 달랐다. 임수민이 먼저고, 지영이 후발 환생 주자다.

지영은 불쑥 이런 생각도 들었다.

'우리 둘 말고, 더 있을 수도 있겠어.'

깔끔하게 남여 한 명씩일 수도 있지만 그게 아닐 수도 있었
다. 세상에 '절대'란 가정은 할 수 없으니 말이다.

쪼르르.

빈 잔에 다시 술이 채워졌다.

잔을 채우며 울리는 그 소리에 붉은 빛깔의 오디주가 지영의
시선에 들어왔다. 맑고 선명한 색깔이다.

과실로 만든, 지영의 머릿속에 창세기의 이야기 하나가 떠오
를 쯤이었다.

"아담과 이브. 이 이야기는 당연히 알죠?"

같은 생각을 했는지 임수민이 지영이 떠올린 이름들을 꺼냈
다.

"네, 하지만 제 기억에 선악과를 먹은 기억은 없습니다."

"나도 없어요. 하지만 그걸 먹고 난 뒤에 우리가 이렇게 됐
을 수도 있지 않겠어요?"

"음······."

다른 사람들이 들으면 터무니없고, 허무맹랑한 소리라 하겠
지만 당연히 두 사람에게는 아니었다. 현실성이 오히려 상당히
높았다. 하지만 지영은 그건 아닐 거라고 봤다. 아담과 이브에
게는, 그들의 교리와 성서에 나오는 단어인 영생(永生)이 나오긴
하지만 창세기에 자신들의 존재를 투영하는 건 지나친 비약이
라는 점 때문이었다.

이유는 물론 더 있다.

아담과 이브의 이야기는 유대계에서 시작된다.

하지만 지영은 자신의 첫 삶이 유대인이 아니라는 걸 확실하게 알고 있었다. 잔잔한 수면에 비친 자신의 얼굴, 반질반질한 돌에 비쳐졌던 자신의 얼굴 등을 모두 종합해 보면 절대로 유대계는 아니었다.

'오히려 나는 그때도… 아시아계 혈통이었어.'

그건 기억 서랍이 있어 확신할 수 있었다.

증거는 더 있었다.

"우리가 아담과 이브였다면, 당신과 나의 출발 시대가 다른 건 말이 되질 않습니다."

"하긴, 그렇기도 하겠네요. 만약 그랬다면 나는 이브, 출산의 고통을 여인에게 안긴 최초의 여성이자, 온갖 악마를 잉태하고 낳은 악의 어머니일 테니까요. 그러니 창세기는… 아니겠어요."

그 말에 지영은 고개를 끄덕이며 수긍하다가, 한 존재를 머릿속에 떠올렸다.

하지만 이내 곧 고개를 저었다.

'아니, 아니지. 이야기가 틀려.'

지영이 고개를 젓자 가만히 막 술을 한 잔 마신 임수민이 지영을 보며 물었다.

"왜 고개를 저어요?"

"아니요, 잠깐 생각난 게 있었는데, 아무래도 아닌 것 같아서요."

"괜찮아요. 말해봐요. 어차피 우리가 말도 안 되는 존재들인데 뭔들 이상하겠어요."

임수민의 말에 지영은 쓸쓸한 미소를 지었다. 확실히 말도 안 되는 존재들이 맞았기 때문에 부정을 못 해서였다.

남들과 다름은 특별하다 할 수 있겠지만 그것도 어느 정도 달라야지, 지영이나 임수민 정도로 다르면 이미 인간이라고는 할 수 없었다. 그래서 쓸쓸한 감정이 생겨난 것이다.

"삼천갑자 설화를 잠깐 생각했습니다."

"서왕모의 선도(仙桃)를 훔쳐 먹었다는 동방삭을 말하는 건가요?"

"네."

삼천갑자 동방삭.

민간설화 중 대표적인 영생의 존재다.

하지만 그 이야기는 지영이 처한 상황과 달랐다. 그는 전한의 무제 시절에 등장하는 인간이다. BC(Before Christ)156 정도 될까? 속설로 서왕모의 선도를 훔쳐 먹고 삼천갑자를 살고 있다는 얘기가 전해지지만, 가장 중요한 건 그는 쭉 이어서 삼천갑자, 즉 18만 년을 살았다고 전해진다.

죽지 않고 18만 년이니 지영이나 임수민의 경우와 완전히 달랐다.

서왕모의 전설에 등장하는 신비한 복숭아(蟠桃)도 마찬가지다. 환생이 아닌, 영생이다. 즉, 불사약 쪽에 가깝다는 소리다.

"저도 좀 알아보긴 했어요. 하지만 확실히 저희와는 달라요. 그는 죽지 않고 십팔만 년을 사는 셈이니까요."

"그렇죠. 그래서 아니라고 한 겁니다."

"영생의 설화는 꽤나 많지만 우리처럼 환생의 설화는… 그리 많지 않아요."

임수민의 말에 지영은 고개를 끄덕였다.

확실히 지영도 알아본 바에 위하면 환생 설화는 그렇게 많은 편이 아니었다. 그리고 굉장히 허황된 경우가 많았다. 사실 지영이나 임수민의 존재가 엄청 허황되긴 하지만 현실성이 많이 떨어진단 소리였다. 그리고 실제로 그 시절, 지영이 직접 가 본 적도 있었다. 설화는 말로, 글로 전해지는 법이다.

그러면 반드시 소문이 돌게 마련이고, 그런 소문을 접하면 지영은 꼭 찾아가봤다. 하지만 단 한 번도 만나지 못했다.

'지금 만난 임수민이 처음이니까, 말해 뭐 하겠어.'

"참, 그걸 안 물어봤네요."

생각이 딱 끝나자마자 임수민이 한 말에 지영의 시선이 다시 그녀에게로 향했다.

"지영 씨는 우리의 현실을 끝내고 싶은가요? 혹시 아닐 수도 있겠단 생각이 들어서요."

"전혀요. 환생은… 저주입니다."

"같네요. 맞아요. 우린… 저주를 받았어요."

환생이 좋다고?

다시 태어나면 좋은 거 아니냐고?

설마… 농담이라도 그런 소리는 듣기 싫었다. 진짜 눈앞에서 누가 그런 말을 한다면, 정말 진심으로 한다면 지영은 언제고 설전을 벌일 준비가 되어 있었다. 그만큼 지영에게 환생은 끔찍한 일이었다.

세상에 태어난 모든 것들은 죽는다.

유생물이든, 무생물이든 동력은 언제고 바닥나고, 닳는다. 그럼 움직임이 멎게 된다. 인간이든 기계든 이 법칙은 '절대' 피해 갈 수 없다. 하지만 지영은 그걸 벗어났다. 이게 솔직히 정상은 절대로 아니었다. 기억을 따로 보관할 수 있는 능력 덕분에 미치지 않았을 뿐이지, 그게 아니었다면 아마 미치고 환장하는 경우가 벌어졌을 것이다.

"난 사실 체념하고 있었어요. 무슨 짓을 해도 환생의 고리를 끊을 수가 없었거든요. 진짜 세계 멸망을 빼곤… 다 해봤어요."

"그건 저도 마찬가지입니다."

자살을 포함한 정말 모든 것을 해봤다.

굿도 해봤고, 금식 기도는 물론 환웅전기에 나오는 웅녀처럼 쑥과 마늘만으로 몇십 년을 살아본 적도 있었다. 하지만 모두 소용없었다. 숨이 끊어지면 어느 순간 다시 배 속 태아의 상태에서 의식이 깼다.

"이번 생도 이렇게 지나가나 싶었는데, 당신이 딱 나타난 거예요. 마치 한 줄기 빛처럼."

"그것도 마찬가지입니다."

복잡한 자신, 자신의 주변 상황 때문에 체념보다는 그냥 살아감을 택했지만 만약 그러지 않았다면 지영도 이번 삶은 그냥 조용히 살았을 것이다. 이제는 뭘 열정적으로 하기엔 쌓아

놓은 삶이 너무 많아 귀찮고 지치기 때문이다.

그런데 지금 그런 마음은 송두리째 사라져 버렸다.

당근 눈앞에 임수민 때문이었다.

쪼르르.

"사실 그날 이후 많은 생각을 했어요. 어떻게 대화를 풀어가야 하나, 어떤 것을 의논해야 하나, 어떤 방식으로 힘을 합쳐야 하나……."

"……."

"근데 그런 거 다 필요 없겠더라고요. 그냥 숨기는 것 없이 오픈하면 되겠다. 전 이렇게 결정을 내렸어요. 그리고 우리끼리 어차피 숨겨봐야 감각에 금방 걸려 들통나잖아요? 그럼 서로 간에 불신이 쌓일 거고. 차라리 그러느니 솔직하게 전부 오픈하자, 이렇게 생각했어요. 지영 씨는요?"

"저도 마찬가지입니다. 우리에게 거짓말은 통하지 않으니까요."

지영도 임수민의 생각처럼 올 오픈 마인드로 왔다. 하나도 숨김없이 밝히기로 말이다. 지영은 그래서 다행이란 생각이 들었다. 임수민과 자신의 생각이 일치했기 때문이다.

"다행이네요. 그런 의미에서, 짠."

땡.

잔이 부딪치자 찰랑이는 붉은 빛깔의 술이 이상하게도 불안정해 보였다.

"가끔 그런 생각을 합니다."

"무슨 생각이요?"

"나는 신이 되기 위한 여정에 올라 있는 게 아닌가, 하는."

"후후, 저도 그랬어요. 이 세상의 상식을 우리한테 적용시켜 보면… 우린 신이 아니고서는 설명이 불가능한 존재들이니까요."

"상식, 비상식적인 존재들을 만나본 적은 있습니까? 예를 들면 귀신이라든가, 요정이라든가."

"없어요."

임수민은 고개를 단호하게 저었다. 근데 지영도 그건 마찬가지였다. 귀신, 요정, 그런 것들은 아주 확실한 비상식의 대표 존재들이다. 따라서 그런 것들이 존재하면 지영의 존재도 비상식에서 상식의 범주 내로 조금은 들어갈 수 있었다.

"지영 씨는요?"

"저도 없습니다. 모두, 모두 상식 범위 안의 존재들이었습니다."

인간, 동물을 포함해서 지영은 본 모든 것들은 상식선의 안에 존재했다. 딱 지영만 그 밖에 섰었다. 지금까지는 말이다.

"음, 우린 지금 경험을 쌓고 있는 걸까요?"

"모르겠습니다. 당신을 만나기 전까진 전 이 전 삶의 한을 푸는 것에 중점을 두고 있었습니다."

"한이요?"

"네, 전 서랍의 형태로 기억을 보관합니다. 영화를 찍을 때마다 배역에 맞춰 하나씩 꺼내서 연기를 했죠. 그렇게 연기가 끝

나고 나면 뭔가 시원한 느낌이 들었습니다. 옭아매고 있던 족
쇄가 풀려 나가는 느낌, 그런 느낌과 비슷했습니다. 그래서 돌
아와서도 배우 생활을 계속하고 있던 겁니다."

물론, 서소정에 대한 의리도 단단히 한몫했지만 지영은 그걸
굳이 얘기하진 않았다. 지영의 말에 임수민은 술잔을 든 채로
곰곰이 생각에 잠겼다. 아무래도 지영의 말이 일리가 있단 생
각을 한 것 같았다.

"저는 그런 느낌이 없었는데……."

"없었다고요?"

"네, 그냥 저는 무덤덤했어요. 지영 씨가 말한 시원한 쾌감은
조금도 느끼지 못했어요."

"음……."

임수민도 연기자다.

아마 분명히 이전 삶의 기억에 도움을 받은 적이 있었을 거
라 생각했다. 만약 임수민도 느꼈다면 하나의 단서가 될 수도
있었다. 하지만 아무래도 아닌 것 같았다. 이 부분도, 둘은 달
랐다.

"어렵네요."

"뭐가요?"

"우리 저주를 풀 길은 아직도 말이에요."

"후우……."

그 말에는 깊은 공감을 보냈다. 자신을 둘러싼 저주는 아주
두텁고 단단한 철벽이 몇 겹이나 쳐져 있는 것 같았고, 솔직히

지금은 아주 미세한 바늘구멍만큼의 틈도 없었다. 그리고 공간 안은 지독히 어둡기만 했다.

마치 꿈도 희망도 없는 사후세계(死後世界)의 연옥(煉獄)처럼 말이다.

지영은 임수민의 머리 뒤쪽의 시계를 바라봤다. 시간은 어느새 밤 11시를 향해 달려가고 있었다.

술도 두 병 중 하나는 이미 다 마셨고, 남은 한 병도 반 정도밖에 남질 않았다. 그런데도 지영은 조금의 취기도 느끼지 않고 있었다. 술이 너무 달짝지근하기도 했지만 알코올 도수도 그리 높은 편은 아니었다. 하지만 정신적인 피로감이 조금씩 느껴졌다. 대화마다 집중하고, 긴장한 탓이었다.

"피곤해요?"

피식.

눈치 하나는 정말 기가 막히게 빠르다. 지영도 그렇지만 이런 눈치도 일종의 감이고, 지영도 한 눈치 한다.

'하긴, 그리 많은 삶을 살았는데 눈치가 없는 게 더 이상한 거지.'

게다가 육감까지 발달했으니 말 다했다.

"조금 피곤하네요. 너무 집중했나 봅니다."

"저도 그래요. 후후, 사실 별 영양가 없는 대화였는데 이렇게 심신이 지치네요. 게다가 전 나이도 좀 먹어서 더 힘드네요."

"……"

지영은 그 말에 임수민을 눈을 가느다랗게 뜨고 바라봤다. 사실 외모로 보면 송지원보다도 어려 보였다. 하지만 피부야 관리를 잘한 탓도 있을 거고, 지영이 본 건 그녀의 전체적인 건강이었다.

편한 옷을 입고 있어 라인을 확인할 순 없지만 거실 벽에 걸린 그녀의 전신사진만 보더라도 아직 그녀는 한창때였다. 특히 순백색 차이나 드레스를 입은 사진을 보면 팔뚝과 허벅지가 고스란히 노출되어 있었다. 그리고 그 노출된 육체미를 보면, 그녀가 얼마나 몸 관리를 철저하게 했는지 잘 알 수 있었다.

"지금 붙어도 비슷하겠는데요, 뭘."

"에이, 그래도 성별이 다르잖아요?"

"우리에게 성별이 큰 의미가 있었나요?"

"뭐, 총이나 칼만 안 들었다면 그리 큰 의미는 없지만… 후후, 그래도 예전 같지 않긴 해요. 요즘은 장시간 촬영하면 녹초가 될 때도 많고요."

그렇기야 할 것이다.

인간의 육체는 세월의 흐름에 따라 반드시 노화 과정을 밟게 되어 있으니 말이다. 두 사람은 인간 같지 않지만, 육체 자체는 인간과 '똑같다고' 봐도 될 것이다. 지영도 마찬가지일 것이다.

나이를 먹어감에 따라 육체는 조금씩 약해져 갈 것이다. 이건 이 세상의 그 모든 유, 무생물은 피할 수 없었다.

쪼르르.

"막잔 해요. 이제… 시간은 많으니까 오늘 굳이 밤새서 얘기 안 해도 되겠어요. 언제고 연락하고 만나면 되니까요."

"그럽시다."

"후후, 오늘은 존칭했지만, 나중에 둘이 있을 때는 말 편하게 해요. 아니면 적당한 거리감이 좋을까요?"

"그건 그냥 자연스럽게 해결될 문제 같네요."

"그러네요. 신경 쓸 게 산더미인데 난 왜 이런 걸 신경 쓰고 있 담, 후후."

원 샷!

남은 술을 입안에 터프하게 털어 넣은 임수민이 소파에서 일 어나 손을 쭉 내밀었다.

"앞으로 잘 부탁한단 의미에서, 악수나 해요."

그 말에 지영도 일어나서 손을 내밀었다.

송지원과는 다른 의미의 동료가 될 사람이었다.

그리고 송지원에게는 미안하지만… 훨씬 중요한 사람이 될 임수민이었다. 그런 사람이 잘 부탁한다고 손을 내밀었다. 거절 할 이유는 어디에도 없었다.

"저도 잘 부탁합니다."

"후후, 잘 부탁해요."

지영은 그렇게 악수를 하고, 그녀의 집을 나섰다. 물론 다음 을 기약하고 나서였다. 밖으로 나왔더니 김지혜는 여전히 차에 서 대기하고 있었다.

"안 갔어요?"

"매니저의 본분을 지켜야죠."

"…괜히 미안하네요."

"미안하긴요. 이제 이게 내 일인데. 집으로 갈까요?"

"네, 그래주세요."

지영이 고개를 끄덕이며 대답을 하자 차는 부드럽게 출발해 집으로 향했다. 가는 길에 지영은 오늘의 대화를 다시 곱씹어 봤다. 사실 크게 중요한 얘기가 오간 대화는 아니었다. 남들에게는 이상하거나 비범하게 들릴 주제들이었지만 둘에게는 그저 일반적인 '과거' 얘기와 다를 게 없었다.

하지만 그럼에도 가슴은 충족감으로 묵직했다. 대화 '자체' 가, 임수민의 '존재' 자체가 지영에게 큰 의미이자 기대 그 자체였기 때문이다.

복잡했던, 짜증 났던 일상에서 가뭄의 단비 같은 존재는 당연히 은재였다. 그건 임수민의 존재가 있다 치더라도 변하지 않을 '진리'와 같았다.

하지만 임수민은 은재와는 전혀 다른 의미로 '단비'가 될, 아니면 될 예정인 존재였다. 깊은 속마음, 여태껏 단 한 번도 누군가에게 드러내지 않았던 '과거'를 아무렇지 않게 드러낼 수 있는 세상에 단 한 명뿐인 사람이었다.

그런 사람과 만났고, 대화를 나눴다는 것 자체가 지영에게 충분한 충족감을 선사했다. 그래서 매우 유익한 시간이라는 생각이 들었고, 그래서 입가에 절로 미소가 지어졌다.

"즐거웠나 봐요?"

"네? 네, 뭐."

"임수민 씨랑 그리 안 친한 줄 알았는데, 언제 친해졌어요?"

"저번 광화문에서요."

"그렇군요. 염두에 둘게요."

"네."

임수민은 앞으로 자주 만나게 될 사람이다. 그리고 김지혜는 매니저니 미리 알고 있는 것도 나쁘지 않았다. 차는 금방 집에 도착했다. 기자들을 피해 잽싸게 집 안으로 들어간 지영은 도끼눈을 뜬 은재와 마주쳤고, 아하하, 어색한 웃음을 흘리면서 하루를 마무리 지었다.

Chapter52
붉은 꽃봉오리

언론은 무자비하다.

이들에게 준법정신이 있나 싶을 만큼 무자비한 모습을 보였다.

특정 기업에 소속된 언론이기에 당연히 어쩔 수 없다는 것쯤은 다들 알고 있었지만 그래도 이번엔 너무하다는 의견을 보였다.

무자비(無慈悲).

인정이 없고, 냉혹하고 모질다는 뜻이다.

자비는 말 그대로 따뜻한 정을 베푼다는 의미가 들어 있다. 그런데 앞에 없을 무(無)가 붙어 있기 때문에 의미는 정반대로 뒤집히게 된다. 그리고 그 의미 그대로, 오성의 언론은 총력전을 펼쳤다.

그 공격은 점차 다양해졌고, 집요해졌으며, 배수진이라도 친 것처럼 격렬했다. 대성은 조금씩, 아주 조금씩 상처를 입었다. 가랑비에 옷 젖는 것처럼 주가가 조금씩 떨어지고 있었다. 대성주식을 산 사람들의 머릿속에는 아마 경종이 울렸을 것이다. 오성의 저 총력전은 대성을 무너뜨릴 순 없어도 당분간 회복에 힘써야 할 정도로 밀어붙일 것이라고.

물론 실제로 그런 일이 일어날 가능성은 분명 존재했다. 하지만 과잉 해석이라고 생각하는 사람들도 있었다. 대성은 오성에 비하면 확실히 딸리긴 한다.

반도체 산업부터 시작해 통신, 철강, 건설, 제조, 유통, 의류, 의료, 제약, 자동차, 거기에 문화까지. 돈이 되는 거의 모든 산업을 장악한 오성은 건설만 독보적인 대성과 비교하기엔 확실히 무리가 있었다.

하지만 언론의 반과, 문화의 반을 맨 바닥에서부터 시작해 10년 만에 장악한 김조선의 능력은 오성으로선 무섭기 그지없었다.

그래서 언론이, 기업가가, 정치인이, 정부 인사가 그녀에게 붙여준 별명이 여제(女帝)다. 여성 제왕 말이다. 그런 김조선은 굉장히 침착했다.

전면에 등장한 그녀의 행보는 파격이었다. 연일 정관계 인사를 만났고, 언론사를 포함한 대성그룹 계열사를 찾아다녔다. 당연히 김조양으로서는 못마땅했지만 그걸 막을 명분이 없었다. 그러면서 김조양이 이혼했다는 기사가 오성도 아닌 대성의 언론에서 터졌고, 또한 이제는 전처가 된 여자의 악행 몇 가지가 세상에 알려졌다. 대성은 흔들렸다.

김조양의 실수로 거대 그룹 자체가 흔들리고 있는 판이 되었고, 김조선은 흔들리는 층들의 흡수에 나섰다.

이 모든 게 일사천리로 이루어졌다.

급해진 오성의 언론은 잠시 쉬고, 강지영, 유은재에 집중했다. 하지만 슬슬 총성 없는 전쟁의 승패가 갈릴 모양인지 예전처럼 힘을 얻지는 못했다.

무시무시한 소정의 화력 지원은 전문가들도조차 컨트롤을 못 할 정도로 거셌다.

여기서 재밌는 건, 소정의 화력 안에는 논리와 증거가 있단 사실이었다. 그리고 절대로 선을 넘지 않았다.

소위, 배운 지성인들.

이상하게도 소정에는 그런 사람들이 많았다.

루머를 박살 내는 날카로운 논리와 증거, 그리고 조목조목 따지고 늘어지니 이건 뭐 어떻게 할 수 있는 방법이 없었다. 게다가 이들은 검열관의 역할도 같이했다. 모든 악플을 캡쳐해서 팬클럽 회장의 메일로 쐈다.

알려지기론 팬클럽 회장 이미수는 변호사였다.

인권 변호사라 돈은 별로 못 벌지만 그녀의 부모님이 한때 몰아쳤던 부동산에서 대박을 쳐버리는 바람에 워낙에 집안이 빵빵해 현금 동원력과 법률 지식이 엄청나다는 소리가 있었다.

그리고 그건 사실이었다.

회장 이미수는 부자였고, 정의로웠으며, 강지영의 엄청난 빠순이었다.

들리는 소문엔 옛날에 지영이 이정숙 사건을 겪을 때 그녀는 검사에서 변호사로 갈아탔다고 했다. 그만큼 엄청난 지영의 팬이었다.

그런 그녀가 초창기에 지영에게 향하는 공격을 참은 것도 용한 일이었다.

어쨌든, 이미수가 이끄는 소정은 전 방위 공격을 아주 치열하게, 아주 확실하게 막아냈다.

팬덤의 힘은 스타에게 문제가 생겼을 때 진가가 나온다고 하더니, 그 말이 딱 맞았다.

다만 소정은 지영에게 집중되는 루머에만 반응했다. 아직 인정을 못 하는 건지 은재 '개인'에게 한정된 루머 글에는 소정의 회원들은 거의 나서지 않았다.

하지만 그래도 괜찮았다.

은재에게는 김은채가 있었으니까.

김조선이 붙여준 팀으로 김은채는 은재에 대한 루머에 확실히 대응했다. 고소는 기본이고, 합의와 같은 자비는 조금도 베풀지 않았다.

그 결과 오성의 언론 공격은 지지부진해졌다.

대성이 흔들리면 그 밑에 계열사 몇 개를 꿀꺽하려고 했지만 김조선은 당연히 그마저도 알고 있었고, 단속을 철저히 했다.

김조양의 사람들은 김조선이 힘을 쓸 수 없어 흔들리는 것 같았지만 아직 티가 날 정도로 빠져나가는 건 아니었다. 전문가들은 예측했다.

두 그룹의 전쟁은 오물만 겁나게 튀겼지, 누가 크게 승리하는 결과는 나오지 않을 거라고. 대성이 받은 타격은 주식 하락, 김조양의 평판 수직 하락 등을 포함해 얼마 되지 않았다. 물론 나쁜 일만 있는 건 아니었다.

전문가들이 내비친 견해 때문에 그런지 김조선이 이끄는 계열사의 주식이 상당히 상승했다.

대성전체로 보면 악재는 맞으나, 그 결과 김조선이 후계자 싸움에서 확실한 승기를 잡았다. 그런 가운데 '테러리스트'의 촬영은 비공개로 여전히 진행됐고, 4월 말, 마무리 단계에 들어갔다.

＊　　　＊　　　＊

부산(釜山).

인구 사백 만에 가까운 대한민국 제2의 도시이자, 엄청난 물류가 오가는 제1항구도시며, 외국인들이 많아 수개 국의 문화가 형성되어 서울을 이어 제2문화의 도시로 자리매김한 곳이 부산이다.

지영은 마지막 촬영을 위해 부산에 내려와 있었다.

TV에서는 하루 종일 지영에 대한 이야기가 끊이지 않았지만 요즘 지영은 평온했다.

한참 동안 거셀 거라 생각했던 폭풍이 생각보다 힘을 빨리 잃어가고 있었기 때문이다.

지영은 그 이전에도 크게 신경을 쓰고 있진 않았지만 요즘은 더 신경을 꺼버린 상태였다. 임수민과의 만남, 대화 이후 지영은 상당히 여유가 생겼다.

갑자기 생긴 여유를 이상하게 생각한 은재가 몇 번이나 캐물었지만 임수민과 나눴던 대화만큼은 얘기를 해줄 수가 없었다.

"여, 강 배우."

"오셨어요, 선배님."

"허헛, 그려, 오셨어. 은재 오랜만이네?"

"안녕하세요."

바다가 보이는 카페 3층에 같이 있던 은재가 앉은 채로 꾸벅 인사를 했다.

지영이 부산으로 마지막 촬영을 간다고 하니 은재가 어쩐 일인지 이번엔 함께 가고 싶다고 해서, 지영은 어제 늦게 은재와 같이 부산에 도착했다. 그리고 아침을 먹고, 촬영장도 함께 왔다.

이미 유은재의 존재야 한국에서 모르는 사람이 없고, 촬영팀도 노르웨이서부터 함께했으니 더더욱 모를 리가 없었다. 오히려 오랜만에 온 은재를 반가워하는 사람이 훨씬 많았다.

"어이쿠, 우리 유 작가님. 여기 사인 좀 부탁헙니다."

구수한 충청도 사투리에 은재가 입을 가리고 깔깔 웃었다.

아직은 사인이 없는 은재는 멋들어지게 자기 이름을 적어, 건강하시고 이어서 순산 기원합니다! 하고 코멘트를 달았다.

"허헛, 가보로 생각 하겠습니다, 유 작가님!"

"헤헤, 농담도."

"진짠데? 허헛."

지영의 옆에 자연스럽게 앉은 유해준의 넉살에 은재는 또 까르르 웃었다.

"일찍 왔네?"

"은재랑 같이 오느라 어제 왔어요."

"그려? 설마설마, 이거이거, 혹시혹시……"

"각방 썼습니다."

"허헛, 그렇지? 아직은 안돼. 알지? 은재도 조심하고, 이놈, 이거 보기보단 음흉한 놈이란 말이지."

19금 드립도 재치 있게 치는 유해준 때문에 지영은 그냥 난처한 웃음만 흘렸다. 은재는 유해준의 말이 재밌었는지 눈이 반짝반짝했다.

"왜요? 왜요왜요? 무슨 일 있었어요?"

"흐흐, 있구말구."

은재의 말에 그렇게 답을 한 유해준은 그 이후에 아주 익살스러운 표정으로 말을 지어내기 시작했다.

당연히 지영은 처음 듣는 이야기들이었다. 그리고 은재도 당연히 그걸 알고 있을 것이다. 하지만 유해준의 장난에 은재는 기꺼이 동참하기로 했는지 어머어머! 추임새까지 넣어가며 호응했다.

그러자 유해준은 더욱 신이 나서 지영에 대한 이야기를 만들어냈다. 아슬아슬한 수위까지 올라가는지라 지영은 이쯤에서 멈추기로 했다.

"선배님?"

"그때 지영이가 말이여, 손을 이렇게, 이렇게 스윽 넣어가… 응?"

"저 요즘 상황 알면서 그러고 싶으세요?"

"어쿠, 맞다. 허헛! 그만해야겠다."

지영의 말에 바로 꼬리를 말고 허헛 웃는 유해준 때문에 지영은 그냥 피식 웃고 말았다.

유해준의 마음을 알고 있어 기분이 나쁘지는 않았다. 요즘 지영에 대한 말이 하도 돌아서 아마 지영의 기분을 좀 풀어주기 위한 농담이었으니 말이다.

은재도 그걸 알고 있었다. 그러니 저렇게 잘 호응해 준 것이다.

사실 지영은 좀 긴장하긴 했다.

은재와 밖에 나온 게 오랜만이었기 때문이다.

두 그룹 간의 총성 없는 전쟁은 이미 무슨 짓을 저지를지 모르는 상황까지 와 있다고 해도 과언이 아니었다.

유선정이나 경호 업체의 담당도 은재의 외출은 되도록 삼가 달라고 했을 정도였다. 하지만 은재가 꽤나 답답해하는 게 눈에 보였다. 그리고 부담을 조금씩 가지는 것 같았다. 지영의 집에 살지만 금전적으로는 은재도 부족함이 없었다. 솔이 인기를 끌면서 베스트셀러에 올랐고, 인터넷 유료 연재도 엄청 수익을 냈기 때문이다.

신인 작가라 유료 인세가 5 대 5지만 이미 3억이 넘는 수익이 났다는 애기를 넌지시 들었다고 말했었다.

그러니 돈은 문제가 아니다.

다만 타인의 시선이 문제였다. 자신에게 향하는 시선이 아닌, 자신과 함께 사는 강상만과 임미정, 강지연, 그리고 연인 강지영까지. 이들에게 자신 때문에 편견 섞인 시선을 부담스러워하는 것 같았다.

말은 안 했지만 지영은 그걸 알아봤다.

그래서 무리해서라도 바람을 좀 쐬게 해주고 싶어 부산까지 함께 왔다. 그런 관계로 지영은 지금 적당한 긴장감을 계속해서 유지하고 있었다.

혹시 모를 일에 대비하기 위해서였다. 눈치 빠른 유해준도 들어와서 지영의 얼굴을 보고 굳어 있는 걸 확인해서 이런 장난을 건 것이다.

"컨디션은 어떠?"

"좋아요. 며칠간 푹 쉬어서 바로 시작해도 됩니다."

연기는 어차피 문제가 없었다.

지영이 대답하기 무섭게 쿵쿵 소리가 들리더니 한사랑이 올라왔다.

"안녕하세요! 안녕하세요! 늦어서 죄송합니다!"

인사를 꾸벅꾸벅, 폴더가 생각나게끔 한 한사랑은 지영과 유해준을 발견하고는 쪼르르 달려왔다. 그리곤 은재를 보곤 어? 놀란 표정이 됐다.

"저……."

"인사드려, 소설가 유은재 양. 여기 강 배우의 연인이시지. 허헛."

지영 대신 유해준이 소개를 시켜줬고, 한사랑은 잠깐 놀랐는지 눈을 끔뻑이다가 다시 허리를 쭉 접었다.

"안녕하세요! 한사랑입니다!"

"네, 안녕하세요. 유은재예요."

"알아요! 헤헤."

그러더니 냉큼 유해준의 옆에 앉아 빤히 은재를 바라봤다. 은재는 그런 눈빛이 조금 부담스러웠는지 난처한 웃음을 흘리면서 지영을 돌아봤다.

"와아, 실물이 훨씬 예쁘시다."

"아하하……."

거짓이라고는 조금도 섞여 있지 않은 것 같은 그 말에 은재의 볼이 발갛게 물들어갔다. 그러나 누가 유은재 아니랄까 봐 곧 적응을 하고는, 지영을 돌아보며 장난기 가득한 미소로 말했다.

"봤지? 내가 이 정도다?"

"그래, 잘 봤다."

"넌?"

"응?"

"니가 봐도 나 예뻐?"

슈아아악!

팡!

한복판 묵직한 돌직구가 미트에 꽂혔다. 그 말에 지영은 그
냥 대답 대신, 피식 웃으며 고개를 끄덕였다.

"꺄아아!"

한사랑이 그런 둘의 모습에 어쩔 줄을 몰라 했다. 배우들이
속속 도착했다.

오늘 부산에서는 전부 촬영이 있어 임수민, 류승연을 포함한
아역들까지 총출동했다. 30분 정도가 지나자 지영은 준비를 하
러 잠시 자리를 비웠고, 은재는 늑대 무리에 던져진 순진한 '호
랑이'가 되어 호기심을 폭발시키기 시작했다.

촬영은 무난하게 흘러갔다.

1층은 빵집, 2, 3층은 카페로 되어 있는 건물에서 연속 신들
을 소화했다. 이곳에선 모든 배우들의 촬영이 있었다. 가족끼
리 바다에 왔다가 즐거운 시간을 보내는 조장철과 연인 사이였
을 때 데이트를 하는 석훈과 석훈 아내의 모습도 카메라에 담
았다.

바닷가를 산책하는 은수의 모습도 담았다.

바닷가에 앉아 있는 태석의 모습도 담았다.

이 장면은 혼자지만, 편집을 통해 서로 엇갈리게 만드는 신

이 될 것이다.

1층 빵집에서는 조장철이 가족과 함께 빵을 사고 있고, 2층에서는 석훈이 연인과 커피를 마시며 어색한 시간을 보내고 있다.

이런 신들은 전부 옛날 과거 회상에 쓰이게 될 신들이었다.

마지막 촬영이라 그런지 다들 얼굴에는 화색이 돌고 있었다. 영화 촬영은 원래 바쁘게 진행된다. 쉬는 시간도 거의 없이 스태프들은 하루를 위해 준비하고, 점검하고, 숨 돌릴 시간 없이 보낸다.

지영의 일 때문에 며칠 정도 여유가 있어 촬영은 상당히 많이 딜레이 된 상태였다. 그런 와중에도 꾸역꾸역 신을 소화하고 예정보다 한 달 늦은 오늘, 드디어 마지막 촬영 날이 된 것이다.

두 개의 신을 소화한 지영은 다시 3층으로 올라갔다. 호기심 대마왕이 된 은재가 배우들에게 궁금증을 풀고 있는 모습이 보였다.

"어, 끝났어?"

"응. 승연 선배님, 다음 신 준비하시래요."

"그래? 알았어."

양아치처럼 발을 꼬고 까닥거리던 류승연이 자리에서 일어나 메이크업을 수정하러 갔다.

이제 그는 부인을 잃은 후, 실의에 빠져 있는 모습을 찍을 차례였다. 장소는 지영과 마찬가지로 바닷가였다. 해변에 앉은 그는 삶의 의욕을 잃어 텅 비어버린 눈빛으로, 가족을 그리워하며 멍하니 바다를 응시한다.

그리고 그다음 신은 다짐의 신이다.

태석의 존재를 알고 난 뒤, 복수심에 짙게 사로잡힌 그는 이곳에 다시 와서 먼저 간 아내와 딸에게 태석의 목을 가져다 바칠 것을 약속한다.

두 장면의 눈빛은 극과 극이다. 첫 번째 신은 죽어가는 자의 눈빛이고, 두 번째 신은 광기에 사로잡힌 눈빛이 될 것이다. 극과 극을 오가는 감정을 담아야 하는지라 쉽지 않은 연기가 되겠지만 류승연은 연기 하나만큼은 프로페셔널한 사람이다. 그래서 누구도 크게 걱정하진 않았다.

"잘 끝났어?"

은재의 질문에 지영은 웃으며 고개를 끄덕였다.

"배 안고파?"

"응, 빵 몇 개 주워 먹었더니 배불러. 수민 언니가 사줬어."

"언니?"

임수민과 은재의 나이 차이는 언니가 아니라 이모에 가깝다.

"어허, 그럼 못 써. 언니야, 언니."

피식.

은재의 말에 지영은 그냥 피식 웃었다.

그러면서 메이크업을 다시 받고 있는 임수민을 슬쩍 바라봤다. 그녀는 일상에 찌든 수척한 모습을 하고 있었다. 실제로는 정반대의 환경에 있는 그녀였지만 그녀에게 저 정도 연기야 일도 아니었다.

"어, 어? 저저."

그때 창가에 있던 유해준의 탄성에 지영은 뭔 일인가 싶어 창으로 갔다.

일단 도로가에 줄 지어 선 새까만 승합차가 보였다. 도합 여섯 대. 지영은 느낌이 확 왔다. 드르륵! 문이 열리기 무섭게 차량 색깔이랑 똑같은 검정 정장을 입은 사내들이 우르르 내렸다.

내린 그들은 바로 트렁크를 열고 쇠파이프, 야구 방망이 등을 손에 쥐었다.

"저, 저, 조폭 아녀?"

"맞는 것 같은데요."

지영의 눈빛이 순식간에 싸늘하게 식어갔다. 지영은 저들이 누구의 사주를 받았는지 바로 알 수 있을 것 같았다.

'오성… 진짜 더럽게 구는구나.'

그들이 아니면 여기에 조폭들이 들이닥칠 이유가 조금도 없었다.

촬영 세팅 중이던 스태프에게 다가간 놈이 방망이를 들이밀며 위협을 가했다. 지영은 시선을 돌려 심각한 표정으로 통화 중인 김지혜를 바라봤다.

분명 지영에게 향하는 암중 모략이나, 위협을 알아달라고 의뢰를 넣었었다. 그런데 김지혜는 여태 아무런 말도 안 했다. 오성이라서? 그래서 몰랐나? 이런 생각이 스쳐갔지만 지영은 자신이 너무 부뚜막을 믿었다는 것에 반성할 시간이란 생각을 가졌다.

지잉, 지잉.

주머니 속에 폰이 울었다.

정순철이었다.

"네, 네. 알겠습니다. 네."

"왜? 뭐래?"

유해준도 이미 저 조폭들이 누굴 노리고 왔는지 바로 알아차린 기색이었다. 아니, 현실적으로 지금 시끄러운 상황에 처해 있는 사람은 여기서 지영 혼자밖에 없었다.

"움직이지 말랍니다. 바로 해결한다고."

"후, 그래."

걱정스러운 기색으로 유해준은 지영의 안색을 살폈다. 하지만 지영의 시선은 다른 곳에 가 있었다.

파리하게 질린 얼굴로 주춤주춤 물러나고 있는 한사랑이었다.

"안 내려가는 게 좋을 겁니다."

"네? 네?"

"안 내려가는 게 좋을 거라고요."

"……"

지영의 조용한 말에 한사랑은 얼른 고개를 끄덕였다.

지잉, 지잉.

다시 전화가 왔다.

"네, 강지영입니다."

—경호팀장 이정숩니다. 어떻게 할까요?

용건을 바로 물어오는 이는 경호 업체 팀장이었다. 그들은 평소에는 지영의 주변에 다들 대기하고 있었다. 그 인원도 적지 않았다. 부산까지 오는 데 동원된 이들만 무려 20명으로 알고 있으니 말이다.

"조용히 넘어갈 생각은 없어 보이죠?"

—네, 시비를 걸어 난장판을 만들 생각 같습니다.

"후우… 정리, 가능하세요?"

3층이야 어차피 지영 혼자 막는 게 가능했다. 총만 들고 있지 않으면 어떤 놈이 올라오던 올라오는 족족 팔다리를 꺾어 버릴 생각이었다. 지영에게는 그럴 능력이 충분하다 못해 넘쳤다.

하지만 내려가는 건 얘기가 다르다.

얼핏 봐도 50명이 넘었다.

그런 놈들이 무기를 소지하고 있고, 정장 상위나 발목에 뭘 차고 있을지 모르는 상황이었다.

이런 상황을 고려해 경호원을 고용했는데 굳이 저길 내려가는 건 정말 미련한 짓이었다. 그리고 되도록 지영은 은재 앞에서 폭력을 쓰고 싶진 않았다.

—경호원들 전원이 특수부대 출신들입니다. 저런 덩치만 키운 돼지 새끼들이랑 비교하는 건 저희를 무시하는 처삽니다.

"그럴 의도는 없었고요. 가능하면 다치는 사람 없이 정리 부탁할게요."

끼익.

지영은 창문을 열었다.

그러자 대번에 욕설이 날아들었다.

"거, 씨발! 누구 허락 맡고 여서 촬영하냐고! 엉!"

허락?

시청에 맡았다.

구청에도 말했고, 촬영에 필요한 모든 협조문을 보냈고, 허락 사인이 떨어졌다. 그러니 저 말은 그냥 시비를 거는 것밖에 안 됐다.

—네, 지금 움직입니다.

뚝.

전화를 끊기 무섭게 사방에서 평복을 입은 경호원들이 몰려 나왔다.

그들은 단숨에 달려와 촬영 스태프 앞을 막아섰다. 겁에 질려 덜덜 떨던 스태프들은 경호원들이 나타나자 그제야 안심하고 카페로, 빵집으로, 아니면 차량으로 도망갔다.

"얼씨구? 니들은 뭐냐?"

걸걸한 목소리의 사십 대 사내가 비열한 웃음과 함께 날아 들었다. 정장 차림의 이정수가 고개를 모로 툭 꺾고는 비슷하게 말했다.

"어디 식구들이냐? 말투 보니 부산 놈들은 아니고. 안양이 야? 인천?"

"얼씨구? 그거 알아서 뭐 하시게? 왜, 용돈이라도 좀 주려고?"

피식.

뒤통수밖에 안 보이지만 어깨가 들썩이는 걸로 봐서는 아마 웃고 있는 게 분명해 보였다.

"어쨌든 날 모르는 걸 보니, 어디서 겨우 입에 풀칠하는 놈들이구나? 얘들아, 무기 다 뺏고, 꿇려."

마치 건달처럼 이정수가 그렇게 말하는 순간, 스무 명의 경호원들이 일제히 몸을 날렸다. 삽시간에 패싸움으로 번졌다. 씨발! 개나리! 삐삐삐! 처리될 욕설들과 함께 고통에 겨운 비명 소리도 동시에 울렸다.

이정수의 장담은 진짜였다.

조직폭력배, 흔히 조폭이라 부르는 놈들은 전문적인 훈련을 몇 년 간이나 받은 전직 특수부대 출신들 경호원에게 아작이 나기 시작했다. 경호원 중에는 여성이 둘이나 있었는데 그 둘은 자기보다 체중이 못해도 두 배는 더 나갈 것 같은 조폭들의 손목이며 팔목이며, 무슨 수수깡 부러뜨리듯 꺾어대고 있었다. 특히 짧은 단타는 마치 영화를 보는 것 같은 착각을 일으키게 만들었다.

"이런 씨버럴 새끼가!"

부하들이 돼지게 언어터지자 두목으로 보이는 사십 대 건달이 이정수에게 달려들었다. 놈의 손에서 햇빛에 반사되는 날카로운 예기가 순간 번뜩였다 사라졌다.

"꺄아악!"

아래에 있던 스태프들이 칼날을 보고 소리를 질렀다.

하지만 이정수는 여유로웠다.

옆구리를 찌르는 칼을 피해 손목으로 움켜쥐고, 그대로 꺾었다.

뚝!

소리가 나는 것 같았다.

"으아악!"

"누가 칼을 이렇게 찌르냐? 기본도 모르는 새끼들이……."

쨍강 소리를 내며 칼이 바닥에 떨어졌고, 이정수의 주먹이 옆구리, 겨드랑이를 후려갈겼다.

호흡이 막혀 컥컥거리는 두목의 관자놀이를 팔꿈치로 빠각! 소리 나게 갈겨 버리자 더위 먹은 개처럼 두목은 바닥에 까라졌다.

상황은 금방 정리됐다.

정순철과 회사원들이 싸움이 시작되고 3분이 지나기 전에 합류한 것이다.

"어우, 야. 이야. 와."

유해준은 싸움을 온갖 추임새를 넣어가며 구경했다. 한사랑도, 임수민도 창가에서 패싸움을 구경했다. 아니, 패싸움이라고 하기도 뭐한 일방적인 구타였다. 조폭들은 순식간에 쓰러져 채 열도 서 있지 못했다.

극한 단련을 거친 특수부대 출신 회사원들과 경호원들을 어디 족보도 없는 조폭이 대항하는 건 말도 안 되는 일이었다.

"지영아."

"응?"

가만히 있던 은재가 지영을 불렀다. 창가에서 시선을 뗀 지영이 은재를 돌아봤다.

"날 노린 거겠지?"

"…아니야. 그런 거 아닐 거야."

"집에 있을걸. 괜히 나왔나 봐."

"……."

은재의 미안한 얼굴을 본 지영은 뭐라 대답해 줄 수가 없었다. 은재의 말이 진짜가 아닐 수도 있었다. 저들이 류승현 감독과 악연이 있을 수도 있었고, 아니면 지영을 노린 거일 수도 있었다.

하지만 은재를 노렸을 가능성도 충분히 있었다.

김은채가 쌍년이라고 했던 여자는 은재를 죽이려고 했었다. 그래서 그걸 알아챈 김은채가 은재를 그 먼 노르웨이까지 보냈던 것이다. 상식적으로 이 자리에 조폭이 있는 건 말도 안 된다.

그것도 부산 출신도 아닌, 조폭이 말이다.

그렇다면 이곳을 일부러 '찾아'왔다는 말이 된다.

그럼 누굴 찾아왔을까?

아무리 좋게 생각해 봐도 지영 아니면 은재였다.

"그런 말 하지 마. 언제까지 집에서만 살 순 없잖아? 그리고 한국으로 올 때 이런 일도 충분히 각오했었잖아."

"그랬지. 그랬는데. 직접 겪어보니까 또 다르다."

"후, 걱정 마. 다친 사람은 아무도 없으니까."

"……."

지영의 말에 은재는 씩 웃고는 고개를 푹 숙였다. 아무리 돈을 지불했다지만 자신을 지키기 위해 폭력이 사용되는 것에 대한 거부감 때문이었다.

이성은 알고 있을 것이다. 그렇게 하지 않으면 더 많은 사람들이 다친다는 것을. 하지만 가슴이 거부하고 있었다. 폭력을 싫어하는 은재다운 반응이었다.

"강 배우, 정리 끝났는데?"

유해준이 그렇게 말하며 지영을 돌아봤다. 임수민은 이제 흥미가 떨어졌는지 어느새 은재의 옆으로 이동해 앉았다. 그러고는 손을 뻗어 은재의 머리를 매만졌다. 위로해 주는 그 손길에 은재가 놀라 눈을 동그랗게 떴다.

그렇게 은재를 위로해 주는 임수민에게 눈빛으로 감사의 인사를 전했다.

쿵쿵쿵쿵!

누군가가 계단 아래서 급한 걸음으로 뛰어 올라왔다. 그 소리에 다들 시선이 계단 쪽으로 쏙 몰려갔다.

"지영 씨, 피하세요!"

"네?"

김지혜였다.

지영이 왜 그러냐는 눈빛으로 김지혜를 보다가… 흠칫 굳었다.

피하라고?

왜?

지잉…….

등골이 서늘해지고, 뇌가 간질거리는 느낌이 순식간에 훅!
느닷없이 찾아왔다. 그리고 그 감각을 느끼는 순간 지영은 본
능적으로 상체를 비틀었다.

쨍그랑!

퍽!

붉은 핏방울이 쓰러지는 지영의 위로 꽃처럼 피어났다.

슬로우 모션처럼 은재의 눈이 점점 커져가는 게 보였다. 그
런 은재를 임수민이 얼른 당겨서 테이블 아래로 들어갔다.

우당탕!

지영이 바닥에 쓰러지는 순간부터 현실 시간이 다시 흘러가
는 것처럼 비명이 쏟아졌다.

"우와악!"

"꺄아아!"

남자 여자 할 것 없이 지금 지영이 왜 쓰러졌는지를 본능적
으로 알아차렸고, 바닥에 엎드렸다.

휙!

퍽!

휙!

퍽!

지영은 이를 악물고 바닥에 쓰러진 순간부터 몸을 옆으로 데굴데굴 굴렸다. 그리고 그 위로 다시금 탄이 퍽퍽 소리를 내면서 처박혔다. 끔찍한 통증이 어깨에서부터 올라오고 있었다. 아주 다행인 건 관통상은 아니었다.

탄은 어깨에서 팔로 떨어지는 부분을 한 움큼 훔치고 지나갔다.

그래서 순간적으로 피가 비산해 버린 것이다.

하지만 그렇다고 아주 다행인 건 아니었다.

"지영아!"

퍽!

퍽!

지영이 이 악물고 계단으로 몸을 날릴 때까지 저격은 계속됐기 때문이다.

"모두 머리 숙이고 있어요!"

표적은 자신이다.

"지영 씨, 지혈부터 해요!"

쾅쾅쾅!

나무 계단이 부서져 나갈 것 같은 소리가 들려왔다. 정순철과 이정수였다.

둘은 이를 악물고 올라와 계단에 주저앉아 있는 지영을 보곤 악귀 같은 얼굴이 됐다.

"저격입니까?"

"또 그… 광신도 새끼들 같은데요. 윽!"

살점이 뜯겨 나가 출혈이 상당했다.

치익.

ㅡ열한 시 방향 건물 옥상 같습니다!

치익.

"가! 가서 잡아! 못 잡으면 씨발 니들 다 뒈질 줄 알아!"

무전이 날아들기 시작했다. 경호원 열과 회사원들이 포위하듯 뛰어 히트 맨이 있는 곳으로 내달렸다.

부욱!

김지혜가 자신의 치맛단을 칼로 찢어 지영의 어깨에 가져다 댔다.

"윽!"

까슬까슬한 천이 상처에 닿자 뇌를 불로 지지는 것 같은 통증이 달려와 지영을 격하게 안았다. 으득! 그래도 지영은 이를 꽉 깨물었다.

"참아야 됩니다! 출혈이 상당해요!"

"알았으니까… 묶기나 하세요!"

정순철의 말에 지영은 짜증이 올라와 결국 버럭 소리치고 말았다. '지영아, 지영아! 아악! 강지영!' 은재가 안에서 서럽게 부르는 소리가 들려왔다. 그러나 당장 움직일 수가 없었다. 얼굴을 보이는 순간 대가리가 날아갈 수도 있기 때문이다.

"유은재!"

"지영아!"

"나 괜찮으니까 거기 그대로 있어!"

"······."

대답은 들려오지 않았다.

지영은 그래도 은재가 돌발 행동을 하진 않을 거라고 봤다.

"끄윽!"

출혈을 멈추기 위해 정순철이 천을 꽈악 당기는 순간, 지영은 입술도 같이 꽉 깨물었다. 툭! 하도 세게 깨물어서 입술이 터지는 소리가 생생하게 귓속으로 들어왔다.

끔찍하다. 예상치 못한 순간에 당한 상처라 더욱더, 더욱더 아팠다.

아무리 오랜 삶을 살아도 통증에 익숙해지는 건 아니었다.

치익.

―건물 진입 합니다!

치익.

"총기 소지했으니까 조심하고! 반드시 잡아!"

그 무전에 지영은 피식 웃고 말았다.

소란을 틈타 저격까지 했던 놈이다. 그런 놈이 지금까지 건물 안에 있을 가능성은 거의 제로라고 봐야 했다. 달려가는 데 걸린 시간이면 지영이라도 이미 그 자리에서 벗어났을 것이다. 벗어나는 거? 그거 어렵지 않다.

로프만 준비하면 10초면 내려온다. 그다음 준비해 놓은 차량으로 벗어난 뒤에 다시 차를 버리고 인파에 스며들면 끝이다.

그럼 종적은 아주 예쁘고, 깔끔하게 끊긴다.

지영이 몇 년간 했던 방식이기도 했다.

치익.

―골목 뒤 로프 발견! 팀장님!

역시나.

이번엔 이정수에게 온 무전으로 히트 맨을 놓쳤다는 소식이 들어왔다. 후우, 짜증이 와락 달려들었다.

"씨발……."

이정수가 무전을 받은 뒤 정순철을 바라봤다.

으득!

너무나 갑작스러웠다.

지영의 육감, 그리고 반사 신경이 아니었다면 어깨가 아닌 머리통이 날아갔을 것이다. 그걸 알자 울분이 확 터진 것이다. 두 번, 벌써 두 번이었다.

오슬로의 호텔에서도 지영이 혼자 위험에서 벗어났다. 그런데 이번에도 지영 스스로 저격을 피했다. 정순철은 못 봤지만 히트 맨이 지영을 잘못 쐈을 거란 생각은 하지 않았다. 그걸 생각하니, 자괴감까지 올라왔다.

요인 경호에 벌써 두 번이나 실패했으니 열받는 게 무리도 아니었다.

"지영 씨, 일단 병원부터 갑시다!"

"……."

지영은 대답 대신 고개를 끄덕였다.

냉정하게 생각할 때였다. 저격이 한 번만 있으란 보장은 없지만 여기 있는 것보다 다른 곳으로 이동하는 게 훨씬 더 안

전했다.

'요술봉이라도 한 방 날아오면……'

그건 정말 답이 없었다.

설마 한국에서 가능하겠냐고?

이미 저격까지 당한 마당이었다.

그렇다면 총기를 밀반입시켰다는 건데, 거기에 폭탄 몇 개더 추가해서 들여왔어도 전혀 이상할 게 없었다.

그러니 지영은 얼른 이 자리를 뜨기로 했다.

괜히 시간을 끌다가 진짜 9K38 이글라 같은 거라도 날아오면 몰살이다.

치익.

"병원으로 이동한다. 차량 준비해!"

치익.

─삼 분 걸립니다!

정순철의 무전에 곧바로 남아 있던 회사원이 답을 했다. 지영은 이정수를 바라봤다.

"팀장님은 여기서 은재를 지켜주세요."

"…알겠습니다."

이정수는 순순히 고개를 끄덕였다.

말이 통하는 사람이라 다행이라고 생각한 지영은 천천히 계단을 내려갔다. 1층으로 내려오자 검은색 세단이 멈춰 섰다.

"방탄 차량입니다. 걱정 말고 타십시오."

회사원이 내려 문을 열어주고, 사주를 경계했다. 놀란 눈의 류승현 감독과 스태프들이 보였지만 지영은 그냥 조용히 차에 탔다.

마지막 신이 남아 있었지만 지금은 신을 가릴 때가 아니었다. 차에 타 몸을 눕히는 순간 화르르 들불처럼 일어난 통증이 다시금 뇌를 장악하려 했다.

"후, 후우… 제, 제 매니저도 같이 가게 해주세요."

"네?"

"김지혜 매니저요."

"아, 알겠습니다."

계단 입구에 서 있던 김지혜가 정순철의 손짓에 얼른 다가와 안으로 탔다. 그녀는 가타부타 말이 없었다. 딱딱하게 굳은 얼굴로 핸드폰을 들여다보고 있었다. 슬쩍 보니 대화가 주르륵 이어지고 있었다.

아마도 그곳일 가능성이 높았다.

'그래도 테러는 알아차렸어……'

사실 김지혜의 외침이 아니었다면 그렇게 빨리 반응할 순 없었을 것이다. 피한다고 바로 피했지만 어쩌면 지금처럼 찰과상이 아닌, 관통상을 입었을 가능성이 컸다.

우웅.

차가 출발했다.

"경광등 달아! 신호 다 무시하고 달려!"

"네!"

운전대를 잡은 회사원이 바로 경광등을 차에 장착하고, 내달리기 시작했다. 그러는 시간 동안 정순철은 지역 경찰청에 연락해 협조를 부탁했다. 대화를 하면서도 그는 다른 손으로는 주변 CCTV를 모조리 확보하라고 메시지를 적어 보냈다.

지잉, 지잉.

주머니 속의 핸드폰이 매섭게 울어댔다.

힘겹게 꺼내 보니 은재였다.

"응."

―어디야! 어디 가는데!

"병원, 위험해서 나 먼저 움직이고 있어. 괜찮아?"

―이씨! 어디 병원! 나도 바로 갈게!

은재는 전에 없이 흥분한 상태였다.

하긴, 그럴 만도 했다.

눈앞에서 사랑하는 이가 총에 맞고 쓰러졌다. 치명상을 입은 건 아니지만 붉은 피가 확 튀었을 정도였다.

지영과 아무런 관계가 아닌 사람들도 만약 그런 장면을 봤다면 뒤집어졌을 텐데, 사랑하는 연인이니 그 충격은 훨씬 컸을 것이다. 그러니 그걸 보고도 제정신을 유지하는 건 말도 안 되는 일이었다.

"은재야, 아직 이동 중이야. 어디로 갈지 몰라."

덜컹!

과속방지턱을 넘으면서 차가 붕 떴다가, 뚝 떨어졌다.

그 짧은 순간 체공에 지영은 얼른 이를 꽉 깨물었다.

쾅!

짜르르르!

끔찍한 통증이, 도대체 뭐라 말로 설명하기도 힘든 격통이 상처 부위에서 시작해 전신으로 내달렸다.

마치 택시 미터기에 들어 있는 말처럼 어마무시한 속도로 달려 전신을 뒤흔들었다. 그러나 지영은 그 순간에도 은재가 걱정할까 봐 비명을 이 악물고 도로 삼켰다.

ㅡ병원 도착하면 바로 연락해! 알았지?

울먹이는 목소리로 그렇게 말하는 은재에게 알았다고 한 지영은 일단 통화를 끊었다. 제대로 뜯겨 나갔다.

묶어는 놨지만 아직도 조금씩 피가 흘러 바닥으로 떨어졌다. 똑, 똑, 손끝에 맺혀 있던 핏방울이 떨어지는 모습을 보던 지영은 피식 웃고 말았다.

"그때……"

그러곤 저도 모르게 중얼거리다, 삼켰다.

정순철에 김지혜까지 있는 자리에서 하기엔 지나치게 살벌한 내용이었기 때문이었다.

지영의 중얼거림을 들은 정순철과 김지혜가 지영을 봤다가 흠칫 놀라서는 고개를 돌렸다. 백미러로 지영을 본 회사원도 마찬가지였다.

지영은 알고 있었다.

자신이 지금 웃고 있다는 사실을.

그것도 아주 살벌하게 웃고 있었다.

굳이 거울을 보지 않아도 지영은 알 수 있었다.

이 웃음은 분노였다.

피를 보자마자 솟구친 살의(殺意)가 지영을 천천히, 그러나 점점 속도를 올려 잠식해 가고 있었다.

그 살의를 들키고 싶지 않아 지영은 눈을 감았다.

물론 여전히 입가에 미소는 남아 있었다.

차는 순식간에 도로를 달리고, 또 달려서 병원에 도착했다. 신호 무시는 기본으로 내달려 원래 걸릴 시간보다 반은 단축해서 도착했다.

정순철이 먼저 내렸다. 응급실에 들어가 급히 소독하고, 파상풍 주사를 맞은 뒤에 병실로 올라갔다.

지영을 알아보고 사진을 찍는 사람들이 있었지만 그것까지 커트할 여유도, 인력도 없었다. 그리고 백주 대낮에 벌어진 저격이라 이미 인터넷은 난리가 나 있을 게 분명했다. 그리고 의사는 칼빵, 총상 등은 경찰에 당연히 신고하기로 되어 있었다. 그럼 기자도 필연적으로 따라붙는다.

정신이 없어 그런 문제는 나중에 처리하기로 한 정순철은 지영을 바로 VIP실로 이동시켰다. 마취제가 좀 돌기 시작하자 지영의 표정은 한결 풀려갔다.

"지영 씨."

김지혜가 피 묻은 손으로 폰을 내밀었다.

모 동영상 사이트를 통해 IS의 범행 성명이 발표되고 있었다. 그걸 보는 지영의 표정은 한없이 싸늘해지고 있었다.

범행 성명은 간단했다.

우리는 신을 모독한 강지영을 다시금 단죄하기로 했다.

우리의 전사가 한국으로 떠났으며, 좀 전에 저격에 성공했다는 연락을 받았다.

우리는 우리의 신을 모독한 강지영을 절대로 용서하지 않을 것이며.

우리는 앞으로도 우리의 신을 모욕하는 모든 개인, 단체, 국가들에 대한 단죄를 이어갈 것이다.

이런 내용이었다.

인터넷은 또다시 순식간에 불타오르기 시작했다.

테러.

그것도 한국에서는 거의 일어나지 않았던 저격 테러를 일으켰으며, 그 대상이 강지영이고, 저격에 성공했다는 성명이 나왔으니 안 불타는 게 오히려 이상할 일이었다. 이 성명 발표의 진위 여부를 놓고 각국의 공영방송이 속보를 내보내기 시작했고, 푸른 집은 물론 군, 경까지 비상이 걸려 버렸다.

안 그래도 노르웨이에서 한차례 암살 기도를 당한 지영이라 문제는 심각했다.

"지혜 씨."

"네."

김지혜도 꼴이 말이 아니었다.

피 묻은 얼굴과 손, 그리고 옷 때문에 어디 무슨 전쟁이라도 치르고 온 사람 같았다. 하지만 지영은 그런 꼴 때문에 그녀를 부른 게 아니었다.

"찾을 수 있습니까?"

"…히트 맨 말인가요?"

"네."

"찾으면 어쩔……."

그녀는 그렇게 묻다가 입을 꾹 다물었다. 슥 돌아온 시선 때문이었다. 차갑다 못해, 마치 기계의 눈동자를 보는 것처럼 감정이 배제된 눈빛을 보는 순간 소름이 돋았기 때문이었다.

"내가 그것까지 얘기해 줘야 하나요?"

그 말 뒤에 싱긋 웃는 그 미소 때문에 그녀는 이번에도 대답하지 못했다. 슥, 시선이 다시 폰으로 넘어갔다. 그리고 다시 말이 이어졌다.

"찾아주세요, 꼭. 돈은 얼마가… 들어도 좋습니다. 대신… 반드시 한국을 벗어나기 전에 찾아주세요."

"…연락해 놓을게요."

"부디… 실망시키지 말아주세요."

"…네."

지영은 그 대답을 듣는 걸 끝으로, 더 이상 그녀에게 입을 열지 않았다. 그저 새파랗게, 혹은 새빨갛게 빛나는 눈으로 범행 성명만 다시 돌려볼 뿐이었다.

Chapter53
밤안개

지영이 VIP실에서 X―ray를 포함한 모든 검사를 받고 있을 때 인터넷은 다시 난리, 난리가 나버렸다.

　지영이 저격을 당했다는 소식은 IS의 성명 발표도 있었지만 일단 목격자가 너무 많았다. 병원 응급실부터 시작해서 촬영 스태프까지, 한두 명도 아니고 몇십 명에 이르는 수준이었다. 그러다 보니 SNS를 통해 순식간에 지영의 피격 소식이 알려졌고, 다행히 IS의 발표 성명처럼 지영이 저격에 목숨을 잃은 건 아니라는 소식도 같이 퍼졌다.

　하지만.

　저격 소식 자체가 충격이었다.

　다른 나라도 아니고, 세계적으로 강력 범죄율 치안이 가장 좋다고 평가받는 대한민국 내에서 저격이 벌어졌다. 그 자체가 이미 엄청난 충격을 내포하고 있었다.

테러 안전지대로 불렸던 한국이기 때문에 국민들이 받은 충격은 훨씬 컸다.

이미 오슬로에서의 암살 시도는 전 세계가 알고 있었다. 그리고 그게 그리 오랜 시간이 지나지도 않았다.

고작 두세 달 정도 지났을 뿐이었다.

그런데 또 다시 암살 기도가 있었다.

그것도 장거리 저격으로.

영화에서나 벌어지던 일이 현실에서 벌어져 버린 것이라 여기서 받은 충격이 대단히 컸다. 모든 망이 총동원됐다. 해운대 인근 CCTV를 모두 수거했다. 그다음 곧바로 팀이 꾸려지고, 용의자 특정에 나섰다.

국내의 모든 언론이 속보로 지영의 피격 사실을 알렸다. 굳은 얼굴로 지영의 속보를 전달하는 앵커의 표정들은 모두 딱딱하기 그지없었다. 이 과정에서 조직폭력배의 시비까지 알려졌다. 전문가들은 말했다.

본래 조직폭력배들의 시나리오는 신나게 깽판을 치면 그냥 그대로 치는 거고, 만약 경호원이나 다른 사람들한테 제압당하고 폭행으로 그들을 고소할 생각이었을 거라고. 하지만 그런 의도는 싹 묻혔다.

조폭들이 만든 혼란을 틈타 저격이 이루어졌기 때문이다.

그 결과 조폭들은 모조리 검거됐다.

그리고 전 방위 압박이 시작됐다.

누구의 사주를 받았냐부터 시작해 옛날 조폭과의 전쟁을 벌일 때나 있었을 법한 고강도 조사가 이루어졌다.

불벼락이었을 것이다.

그들은 오성의 사주를 받았을 뿐일 테니 말이다.

그런데 그 틈에 IS의 사주를 받은 히트 맨이 지영을 저격했으니 아주 제대로 엮여 버렸다. 그들로서는 억울하다고 하겠지만, 지금은 그들의 편이 아예 없었다. 정부는 일단 아주 오랜만에 조폭과의 전쟁을 선포했다.

수도권, 부산을 포함해 모든 지역의 조직폭력배들은 아주 바짝 엎드렸다.

숨만 쉬어도 잡혀간다는 말이 나올 정도로 엄청난 압박이 시작됐기 때문이다. 문신한 양아치들조차 입을 틀어박고, 방에 처박혔으니 말 다했을 정도다.

또한 정부는 IS가 장악한 지역을 특수 작전 지역으로 선포했다. 이재성 대통령은 이미 대한민국 국민에 대한 어떠한 위협 행위도 용납하지 않겠다는 성명을 발표한 바가 있었다. 딱딱하게 굳은 정도가 아니라, 대통령답지 않게 짙은 분노를 얼굴 전체에 쫙 깔아놓은 이재성 대통령은 단호한 대처를 하겠다고 발표했다.

그런 이재성 대통령의 발표는 너무나 위험하단 말이 야당을 중심으로 나오기 시작했지만 그들은 크게 반발하지 못했다.

여론이, 여론이 완벽하게 이재성 대통령의 편이었기 때문이다. 국제정치라는 데 있어 군 병력의 활동은 엄청 조심스러울 수밖에 없었다.

급속도로 성장한 국가이지만 세계적인 발언권을 따졌을 때 대한민국은 아직 열강들과 견줄 바는 아니었다. 그런 대한민국이 지금 보복의 의사를 담은 군사작전을 펼치겠단 소리를, 그것도 대통령이 해버렸다.

외신은 당연히 우려의 말을 전했다.

테러 청정 구역이던 대한민국의 안전을 장담할 수 없다는 멘트를 시도 때도 없이 하면서 말이다.

그런 문제 속에서 다시 시간이 흘러가고 있었다.

류승현 감독은 지영이 마지막 신 몇 컷을 남겨두고 있었지만 그의 안전 문제를 위해 과감하게 스킵하겠다는 것을 발표했고, 공식적인 영화 촬영 종료를 알렸다. 말과 탈이 많다 못해 넘쳐흘렀던 테러리스트의 촬영은 그렇게 끝났다.

하지만 단 한 명의 스태프도 웃지 못했다.

당연히 촬영 도중 두 번이나 암살을 당할 뻔했던 지영 때문이었다. 그렇게 시간이 흘러가고 있었다.

그러나 용의자는 아직도 특정하지 못했다.

CCTV를 통해 용의자로 보이는 자가 로프를 타고 건물 뒤의 골목으로 내려오는 모습은 포착했다. 하지만 곧 준비해 놨던 차량을 통해 사라졌고, 잠시 뒤에 차를 버리고 인파 속으로 숨어들었다. 거기서 종적이 뚝 끊겨 버렸다.

세계에 존재하는 거의 모든 히트 맨에 대해서는 국제형사기구 인터폴(Interpol)에서 파악을 해두고 있어 그쪽에 협조 요청을 했지만 여전히 오리무중이었다. 위에서는 연일 아래를 쪼았지만, 놓친 종적은 찾을 수가 없었다.

영화처럼 제대로 된 전문가는 한 국가의 수사기관의 이목을 피하는 것도 가능했다.

*　　　　*　　　　*

그날 테러 이후, 지영은 날이 바짝 섰다.

강상만과 임미정, 그리고 연인인 유은재와도 딱 한 번만 면회를 했을 뿐, 그 누구와도 만남을 갖지 않았다.

독이 올랐기 때문이었다.

지영은 당하고 사는 걸 별로 좋아하는 성격이 아니었다. 그런 성격은 오 년 전 하이재킹 사건 이후 훨씬 두드러지게 지영의 정신에 박혀 들어가 있었다. 그렇다 보니 눈빛이 장난이 아니게 변해 버렸다.

그런 지영은 김지혜를 통해 건강하다는 메시지를 밝힌 이후, 병원에서 꼼짝도 안 하고 있었다.

병원은 당연히 다시 서울로 옮겨왔다.

예전에 입원했던 대성그룹 VIP 병실로 옮겨 치료를 받고 있었다. 다행히 지영의 상처는 출혈만 상당했을 뿐, 크게 문제는 없었다.

살점이 뜯겨 나간 정도에서 끝난 게 참 다행이었다. 근육이

나 신경에 손상이 없어 재생만 되면 다시 몸을 쓰는 데 그 어떤 문제도 없을 거란 담당의의 소견이 있었다. 휴게실에 있던 지영은 네온사인 가득한 도심을 바라보고 있었다.

"……."

상처를 입었지만 지영의 손엔 담배가 들려 있었다. 재생에 독이 되는 게 담배지만 지영은 참을 수가 없었다. 가슴속에 큼직한 돌덩이 하나를 올려놓은 것처럼 느껴지고 있는 묵직한 답답함 때문이었다.

바람이라도 쐬고 싶지만 아직 히트 맨이 잡히지 않은 상태라 밖에 나가는 건 말도 안 될 일이었다. 그걸 머리로는 이해하고 있지만, 그날 이후 꺼지지 않은 채 계속해서 타고 있는 들불 같은 살의는 아직도 지영의 멱살을 잡은 채 놓아주지 않고 있었다. 지영도 그걸 뿌리치지 않았다.

지영은 지금 눈빛을 보면 앞으로 어떤 일이 벌어질지 충분히 예상할 수 있었다.

똑똑.

노크 소리가 들려와 지영은 들어오세요, 짧게 말했다.

지잉.

문이 열리고 김지혜가 들어왔다. 이 주 정도 지났지만 김지혜는 엄청 수척해진 모습이었다. 매니저라 회사에 대한 일을 한정연, 이성은과 함께 논의해 전부 처리해야 했으며, 매스컴 응대도 전부 그녀의 몫이었다.

그것만 하면 다행이지만 안타깝게도 그녀는 다른 직업이 하나 더 있었다. 그래서 거의 밤낮으로 일하다 보니 화장을 해도 수척해진 모습이 티가 날 정도였다.

"……."

지영은 그런 김지혜를 빤히 바라봤다.

약간의 기대감이 섞인 시선이었다.

"죄송합니다. 아직입니다."

김지혜의 대답에 약간의 기대감은 산산조각이 나서 흩어졌다. 후우. 지영은 한숨을 흘렸다.

유리창에 거즈를 댄 어깨의 상처가 비쳤다. 이제는 통증도 많이 죽었지만 이상하게도 짜증이 올라올 때면, 끓는 분노가 느껴질 때면 상처가 욱신거렸다.

이 넓은 VIP실에서 혼자 있다 보면 당연히 생각이 많아지고, 그중에서도 가장 많이 생각하는 건 당연히 대상에 대해서다.

휴게실 벽에 붙어 있는 TV에서 아직도 용의자를 잡기는커녕, 특정도 못한 경찰 능력의 무능을 꼬집는 보도가 나오고 있었다.

"위장도 했을 거고, 신장도 깔창을 깔면 완전 달라질 거고, 머리도 가발을 썼을 거고. 체형도 마찬가지고."

조금만 신경 쓰면 변할 수 있는 방법이 무궁무진하다. 경찰이 못 잡는 게 이상한 일도 아니었다.

지영은 그걸 알아 이해는 했다. 하지만 인정은 못 할 것 같았다. 인터폴과 연계해 리스트를 검색하고 있다는 보도가 뒤이어 나왔다.

하지만 지영은 저래 봐야 소용없을 거라고 봤다. 코드명까지야 어떻게든 손에 넣겠지만 히트 맨이 위치까지 노출할 정도로 어리숙할 거라는 생각은 들지 않았기 때문이다.

동양계인지, 서양계인지, 흑인인지, 백인인지, 유대계인지, 슬라브계인지 아직 아무런 정보가 없었다. 그렇다면 역시 밀입국 루트를 조져야 하는데, 그쪽 업계가 그걸 순순히 불 정도로 만만한 곳도 아니었다. 그리고 언론에 지영의 피격 사실이 알려지자마자 관련 업계 종사자들은 이미 죄다 잠수를 탄 상황이었다.

"짜증 나네, 진짜……."

지영은 알고 있었다.

위험은 아직 끝나지 않았다는 사실을.

을씨년스럽게까지 느껴지는 도심 속에 자신을 노리는 히트 맨이 숨어 있다고 생각하니 짜증이 나서 견딜 수가 없었다. 지영은 이런 게 정말 싫었다. 그리고 지금만큼은 유명 인사가 되어 있는 자신의 위치가 너무나 거치적거렸다.

단순한 복수 때문에 모든 걸 잃을 순 없지 않은가?

게다가 서소정과의 약속이 제동을 걸고 있었다.

'지금 여기서 다 잃을 순 없어.'

하지만 그렇다고 계속 당하고 있을 수도 없었다.

더러운 상황이었다.

가만히 있다 보면 사람을 가마니로 본다고.

테러 이후 제스처가 없으니 이제는 뭐 그냥 대놓고 암살 시도를 하고 있었다. 그래서 갈팡질팡하는 건 아니었다.

찾아만 낸다면⋯⋯.

"찾아만 달라고."

아주 확실하게 제스처를 취해줄 생각이었다.

그러나 문제는 역시 정보였다.

누군지 알아야 잡든 말든 할 것 아닌가.

그래서 고민했다.

부뚜막도 아직까지 알아내지 못했을 정도로 히트 맨은 꽁꽁 숨어 있었다.

"수풀을 건드려 볼까요?"

지영은 불쑥 뒤에 조용히 서 있던 김지혜에게 물었다. 지영이 보기에 그녀는 똑똑한 여자였다. 그런 그녀가 지영이 수풀을 왜 언급했는지 모를 리가 없었다.

타초경사(打草驚蛇).

풀을 건드려 뱀을 놀라게 한다는 고사성어다. 본래는 풀을 건드려 뱀을 놀라게 해 다된 일에 재를 뿌리는 행동은 하지 말란 뜻으로 많이 사용되지만, 지영은 오히려 역으로 생각해 꺼낸 말이었다.

"찾아오게 만들 생각인가요?"

그래, 김지혜가 말한 것처럼 말이다.

"그렇게 하는 게 빠르지 않을까 싶어서요. 경찰이나 정부 기관들은 그렇다 쳐도⋯ 부뚜막이 이 정도밖에 일 처리를 못 할 줄은 예상 못했습니다. 그러니 어쩌겠어요. 자력으로라도 잡아야지."

"……"

김지혜의 표정이 확 굳었다.

유리에 반사로 그녀의 표정을 확인한 지영이지만, 말을 멈추지는 않았다.

"언제까지 목 밑에 칼을 두고 살 수는 없잖아요."

"……"

부뚜막의 정보력이 이것밖에 안 되냐는 것을 그냥 조금만 틀어 비꼰 것이다. 그러나 김지혜는 할 말이 없었다. 지영의 말처럼 아직까지 정체조차 파악하지 못한 상태였기 때문이다. 그리고 그런 이유를 김지혜와 지영 둘 다 조금은 유추하고 있었다.

'신인.'

그래서 아직까지 그 어떤 정보도 없는 자.

도와주고 생색을 내야 할 미국조차 아직 파악하지 못했다면, 아직 데뷔전도 치르지 않은 놈일 가능성이 크다.

'그러니 계좌 추적부터 시작해 아무것도 걸리지 않지.'

하지만 신인이라고 지영은 방심할 생각은 없었다.

히트 맨은 키워지기도 하지만, 완성된 인간이 데뷔하기도 한다.

군 특작부대 출신들은 사람을 죽이는 데 아주 최적화되어 있는 사람들이다. 특히 오랜 전쟁으로 정신이 피폐해진 자들이 많이 데뷔를 하는 걸로 지영은 알고 있었다.

'신인이지만, 신인이 아닌 자.'

물론 이 가정이 틀릴 수도 있었다.

하지만 지영은 아마도 이 가정이 틀리지 않았을 거라 생각했다.

말은 안 했지만 아마 김지혜도, 부뚜막도, 경찰, 인터폴도, 다른 나라의 정보 기관들도 이 정도는 파악했을 것이다.

'지금쯤 은퇴한 요원들을 뒤지고, 또 뒤지고 있겠지.'

언제고 찾아낼 낼 것이다.

하지만 그래서는 늦었다.

이 일은 지영 본인이 해결할 생각이었다.

위험이고 나발이고 어깨가 아닌 머리가 날아갈 뻔했다. 이렇게까지 당하고 참았을 지영이면 시리아 땅에서 그렇게 지랄 발광도 안 했을 것이다.

"아, 맞다."

생각을 정리한 지영은 김지혜를 향해 천천히 돌아섰다.

"생각해 보니까."

"네."

"부뚜막은 알고 있었잖아요?"

지영은 파랗게, 빨갛게 빛나는 눈으로 뱀이 숨은 수풀의 반대쪽 풀숲을 건드렸다.

지영은 부뚜막 자체도 의심하고 있었다.

그날 분명, 부뚜막은 김지혜에게 지영의 암살 기도 사실을 알렸다. 상황은 급박했고, 그래서 김지혜는 들어오며 급박한 목소리로 지영에게 피하라고 크게 소리쳤다. 그 뒤에 곧바로 저격이 이루어졌다.

여기서 하나.

"당신들은… 알고 있었잖아."

부뚜막은 히트 맨의 존재를 '알고' 있었다는 사실이 성립된다. 그런데 이제 와서 모른다고? 못 찾는다고?

처음에는 이러한 사실을 그냥 지나쳤었다. 하지만 시간이 지남에 따라 조금씩 냉정해지자, 놓친 것들이 보이기 시작했다. 신인이라는 가정도 그때 생각났다. 지영은 한 발자국 김지혜에게 다가갔다.

"알고 있었으니까, 그렇게 다급한 목소리로 피하라고 한 거잖아."

"……."

"안 그래? 응? 내 말이 틀려?"

"……."

존대가 사라진 지영의 한마디, 한마디는 살벌했다. 으르렁거리면서 위협적으로 말하는 것도 아니었다. 그저, 그저 존대가 사라졌을 뿐이었다. 아, 음이 조금 낮아진 것도 있었다. 이 두 가지 변화만 있을 뿐인데도, 김지혜는 입술을 꾹 깨문 채 뒤로 움찔거리며 물러났을 정도였다.

그녀가 아무리 암중 조직이라 할 수 있는 부뚜막의 고위직이었다고는 해도, 지영의 기세를 감당하기엔 많은 무리가 따른다. 대기업 오너 일가의 딸이, 태어나면서부터 다이아몬드 수저를 물고 태어나 가지고 싶은 모든 걸 가질 수 있었던 환경에서 자란 딸이, 오만방자라는 말이 너무나 잘 어울리는 김은채도 지영의 기세를 견뎌내지 못했다.

지영의 기세는 일반적인 기세와는 정말 달랐다.

천 번의 환생을 겪으며 몸에 각인된, 영혼에 각인된 기세이기 때문이다. 역사에 획을 그었던 삶도 있었던 게 바로 강지영이 살았던 삶이다.

고작 딱 한 번 살고 있는 김지혜가 지영을 감당한다? 어불성설이다.

"대답 잘해야 할 거야. 대답 여부에 따라 당신을 쳐내야 하나, 말아야 하나를 결정할 생각이니까."

"제가… 말할 수 있는 일이 아니에요. 저는 이미 지영 씨 옆으로 오면서 많은 권한을 잃었습니다."

"그럼 알아내. 알아내서 나한테 말해. 돌리지 말고. 그 개자식의 위치와 정보를 숨기는 이유까지… 소상하게 얘기해야 될 거야."

"……."

지영은 진심이었다.

풀을 건드리는 수준이 아니라 베어낼 생각까지도 하고 있었다. 김지혜와 지영의 관계는 겉으로는 배우와 매니저의 관계지만 안으로 들어가면 더 복잡하다.

세월의 흐름에 마모되어 묻혔던 암호를 댄 강지영의 정체에 대한 의구심과 내부 사정에 대한 의문도 함께 가진 부뚜막이고, 반대로 지영은 자신, 자신의 주변 사람들에 대한 위협을 감지할 목적을 가졌다.

둘 사이에 계약이 존재하긴 하지만 그건 종이쪼가리다.

신뢰를 얻으려면 정보가 확실해야 했고, 그 정보가 확실해야 믿음이 생기면서 상대에 대한 신뢰가 다시 형성된다.

그런 관계까지 갈 뻔했다.

이번 일만 아니었다면.

지영은 김지혜를 빤히 바라봤다.

그녀의 눈빛에 담긴 감정을 읽기 위해서였다.

지잉, 지잉.

유리 테이블에 올려뒀던 폰이 울었지만 지영은 시선을 돌리지 않았다. 김지혜는 그런 지영의 눈빛을 입술을 꾹 깨문 채 받아내야 했다. 수십 초가 지나고 전화가 끊겼지만 지영은 여전히 시선을 돌리지 않았다.

피식.

10분 같은 1분 정도 지났을 때, 지영은 피식 웃곤 시선을 돌렸다. 김지혜의 말은 사실이었다. 어둠 속에 있어야 할 조직인 부뚜막. 김지혜는 그곳의 간부였지만 이미 정체를 지영에게 밝혔다. 그럼으로써 고급 정보는 그녀에게 전달이 안 되고 있었다. 즉, 막 내부가 어떻게 돌아가는지 그녀도 모른다는 소리였다.

"앉아요."

지영은 천천히 걸어, 소파에 앉았다.

굳은 얼굴로 다가온 김지혜는 조심스럽게 지영의 앞에 앉았다. 고분고분한 김지혜의 얼굴을 다시 확인하는 지영은 또 피식 웃고 말았다. 기에 눌린 건 맞았다. 그러나 기가 꺾인 건 아니었다.

지영의 기세에 조심할 뿐이지, 그녀는 끝끝내 자신을 지키고 있었다.

나쁘지 않았다.

이런 모습. 나약한 모습을 보이면 오히려 괴롭힌 것이 될 테니 더 찝찝하기만 할 거다.

치익.

"후우……."

또 담배를 습관처럼 입에 문 지영은 가능하면 정상적인 대화를 위해 짜증을 연기에 담아 내보내려 노력했다.

다 피울 때까지 지영은 얘기를 꺼내지 않았다.

"처음부터 천천히 다시 얘기해 봐요."

"무슨 처음 말인가요?"

"당신은 나한테 피하라고 했어요. 그건 곧 정보를 입수했다는 뜻입니다. 인정하죠?"

"네."

"그 정보는 부뚜막에서 온 겁니다. 인정하죠?"

"네."

흡사 취조 같았다.

하지만 지영은 이 과정이 반드시 있어야 한다고 생각했다.

국내에선 국정원보다도, 기무사보다도, 경찰 라인보다도 빠른 곳이 부뚜막이다. 그런 곳에서 지영의 저격을 알아냈고, 김지혜에게 알렸다.

지영은 부뚜막이 어떻게 알았냐에 대한 것까지 기대하진 않았다.

다만 어떤 수준으로, 어떤 단어의 구성으로 그 순간 김지혜를 당황하게 만들었던 정보 전달이 알고 싶었다.

몇 번이나 얘기하지만 김지혜의 그 외침이 있었기에 즉각 육감의 신호를 받자마자 움직일 수 있었다. 그러니 부뚜막, 김지혜에게 도움을 받은 것은 확실하지만 그래도 확실하게 짚고 넘어가야 할 사안이었다.

"짧은 메시지였어요. 저격수 대기 중, 사격 타이밍 예측 불가, 의뢰인 이동 조치 취할 것. 이렇게 왔어요."

"……"

지영의 눈빛에 잠시 놀람이 깃들었다가 천천히 사라졌다. 놀람이 사라지고 그 자리를 대신한 건 허탈한 감정이었다.

"저격수가 대기 중인 걸 알았고, 사격 타이밍 예측 불가라는 메시지가 온 걸 보면… 지켜보고 있었네요? 나는 물론, 히트 맨까지."

"…개인적인 생각으로는 저도 그렇다고 생각하고 있어요."

"그런데 놓쳤다?"

"……"

"지혜 씨가 생각해도 말이 안 되죠?"

"······."

김지혜는 대답할 수 없었다.

꾹 쥔 주먹을 보니, 그녀 스스로도 이해가 안 가는 모양인 것 같았다. 하긴, 이미 처음부터 내부 분열 얘기를 꺼냈을 정도다. 이건 파벌 문제로 인해 엄한 사람이 피해를 입는 꼴이었다.

"결국은 정보를 숨기고 있다는 소린데······."

"······."

그 말에 김지혜는 놀라지 않았다.

신뢰를 잃은 정보 조직이다.

더 이상 같이 가는 건 미련한 짓이었다.

지영은 김지혜에게 윽박지르다가, 다시 진지하게 대화를 청해보기를 잘했다고 생각했다.

"당신은 어떻게 됩니까? 내가 부뚜막과의 계약을 끊으면 다시 그곳으로 돌아가나요?"

"일반인으로 살게 됩니다. 이미 정보를 알고 있으니 어떤 방식을 취해도 그곳과 연락을 할 수 없게 됩니다."

"존재를 숨기기 위해서군요."

"네."

버려지는 장기판의 졸인가······.

지영이 그렇게 중얼거리자 김지혜는 그건 아니라고 단호한 대답을 내놓았다. 지영이 다시 고개를 들자, 그녀는 답에 들어 있던 단호함을 눈에도 담고, 지영을 똑바로 보며 다시 입을 열었다.

"이 임무는 제가 자원했어요. 막을 지키기 위해서였죠."

"다시는 못 돌아가는 걸 알면서도요?"

"네."

"……."

"후우, 그만한 가치가 있다고 판단했어요. 저는 고아일 때 막에 의해 거둬졌고, 성인이 될 때까지 지원을 받았어요. 성인이 되고 난 이후 막의 존재를 알게 됐고, 권유에 순순히 고개를 끄덕였어요. 길바닥에서 굶어 죽을 뻔했던, 아니면 껌팔이로 잡혀갈 뻔했던 때 구해줬던 게 막이었으니까요."

개인 사정이다.

지영은 잠자코 일단 듣기로 했다.

일어나 냉장고에서 맥주를 꺼내 온 그녀가 치익, 벌컥벌컥, 시원하게 목을 축이고는 다시 말을 이었다.

"고아였던 내가 어느 중산층 자녀 못지않게 넉넉하게 자랐어요. 부모님이 없어 놀림을 받았던 걸 빼면 정말 행복했던 학창 시절이었죠. 그런 곳이 지금 분열이 일어나기 시작했어요. 당신은 그 의심 대상 중에 한 명이었고, 감시할 필요가 있다고 제가 개인적인 판단을 내렸어요."

"……."

충성심이 아닌 보은(報恩)인가.

받은 은혜를 되갚는 것, 지영은 나쁘게 보지 않았다.

"외부인과 접촉한 정황이 있었고, 갑자기 쓰이지 않는 암구어가 날아왔어요. 의심을 안 할 수가 없었죠."

"그건 좀 비약이 심하다고 보이는데?"

"정보를 다루는 사람은 아무리 사소한 것이라 해도 간과해서는 안 되는 법이죠."

"그거야 그렇다만……"

"어쨌든, 당신을 감시하는 역할이 끝나게 되면 전 이제 막을 떠나 새로운 삶을 살게 돼요. 일반인으로서의 삶이죠."

"나쁘지 않겠군요."

"뭐, 근 십 년간 동경하긴 했어요. 이젠 연애란 것도 좀 해보고 싶고."

김지혜는 갑자기 후련해진 얼굴이 되었다. 그러나 그것도 잠시, 맥주 한 모금을 더 마시고 나자 다시 원래의 얼굴로 돌아왔다. 오늘 참 새로운 모습을 많이 보고 있었다.

"지영 씨한테 가야 할 정보를 막은 건 아마 진보파일 가능성이 커요. 그들은 어둠에서 빛으로 나오고 싶어 하니까요."

"나한테 줄 정보를 막는다……. 날 이용할 목적이겠고."

"네."

"나중에는… 나를 협박도 하겠네?"

"네. 그럴 거라 예상돼요."

짧아진 지영의 말에도 김지혜는 고개만 끄덕이며 대답했다. 그녀는 존대고 반말이고 그리 크게 신경 쓰지 않는 것 같았다. 하지만 여기서 중요한 게 지영이 존대를 하냐 반말을 하냐는 아니었다.

피식.

지영의 입가에 조소가 깃들었다.

짜증 날 때 나오는 전형적인 조소였고, 그걸 보며 김지혜는 지금 자신의 말이 지영을 다시 자극했다는 것을 깨달았다.

하지만 어차피 말해야 할 일이었다.

"이걸 말해주는 이유는… 음, 잘못된 걸 바로잡고 싶은 생각인가요?"

감정이 다시 진정되자 지영의 말투는 존대로 돌아왔다. 하지만 당연히 이번에도 그걸 신경 쓰는 사람은 없었다.

"네."

"하아."

지영은 결국 한숨을 내쉬었다.

뭔 놈에 주변에 멀쩡한 게 하나도 없었다.

아주 그냥 진창도 이런 진창이 있나 싶을 정도로 질척거렸다.

"후우, 알았어요. 나머지는 다음에 정리해서 다시 얘기하기로 하고, 오늘은 이만 가서 쉬세요."

"네."

김지혜는 지영의 축객령에 군말 없이 자리에서 일어났다. 떠나는 그녀의 뒷모습은 어딘지 씁쓸함과 피곤함이 같이 보였다.

지영은 그녀가 떠나고 냉장고에 가서 맥주를 하나 꺼내 왔다. 상처에 맥주라니… 담당의가 보면 기겁할 일이지만 지영은 끓는 속을 달래줄 게 필요했다. 미련하고, 또 미련한 짓이지만 운동보다는 그래도 나았다.

치익.

한 모금 마시자마자 그래도 어느 정도 속이 가라앉는 것 같았다. 폰을 꺼낸 지영은 사람들이 가장 많이 한다는 SNS에 가입했다. 한쪽 수풀은 건드려 놨고, 이제는 진짜 큰 구렁이가 똬리를 틀고 있는 숲을 건드릴 때였다.

지영은 어깨를 슬쩍 돌려봤다.

저릿한 통증이 있지만 움직이는 데 지장은 없었다.

SNS를 개설한 지영은 마지막 고민을 시작했다.

지금부터 하려는 행동은 사실 위험 부담이 상당히 컸다. 아니, 상당한 정도가 아니라 엄청 컸다. 누가 들으면 '야, 이! 미친 또라이 새끼야!' 삿대질을 포함한 욕을 날리고도 남을 정도는 될 것이다.

하지만 지영은 부뚜막에서 의뢰를 준수하지 않고 있다는 걸 이미 파악했기 때문에 어쩔 수 없었다.

"그냥 정부나 회사에 맡겨서 잡는다 치자. 그럼… 내 억울함은 누가 풀어줘?"

한 대 맞았다.

카운터로 날아온 펀치를 가까스로 피해 다운은 면했지만, 대미지가 몸에 아주 확실하게 누적됐다.

그 결과가 지금 이 꼴, 환자복 신세였다.

지영은 안다.

이렇게 얻어터지기만 하다 보면 분명 언제고 턱에 제대로 카운터가 꽂힐 거라는 걸. 그리고 그 카운터 한 방은 지영을 환자복을 입게 하는 정도가 아닌, 땅에 묻거나 불에 태워 버릴 수준의 강력한 한 방이 될 거다.

지영은 절대로 그 꼴은 겪고 싶지 않았다.

화목한 가정이 있다.

은재를 다시 만났고.

환생자 임수민도 만났다.

서소정과의 약속도 있다.

근데 고작 히트 맨 한 놈이 그 모든 걸 앗아가려 하고 있었다. 범인이라면 공포에 질려 부들부들 떨었을 테지만… 아쉽게도 지영은 범인(凡人)이 아니었다. 오히려 세상의 기준으로 초인(超人)의 반열에 들었다고 해도 과언이 아닌 사람이다. 그러니 그런 지영이 선택할 항목은 뻔했다.

"잡자."

결정을 끝냈다.

지영은 SNS에서 자신의 사진을 메인으로 바꾸고, 인증샷을 남겼다. 병실에서 바로 찍은 사진이었다. 사진 속의 지영은 웃고 있었다. 입가에 진한 조소를 그리고 말이다. 그리고 그 사진 밑에 한 줄기 글귀를 남겼다.

나는, 살아 있다.

오지 않는다면 오게 만들 생각이었다.

뿌연 안개가 새벽부터 피어났다.

새벽부터 갑자기 웅웅! 웅웅! 우는 폰 때문에 잠에서 깬 지영은 일어나서 가볍게 스트레칭을 한 뒤에 세면을 마치고, 폰을 확인했다. 어제 인증샷과 함께 올린 게시물에 엄청난 수의 댓글이 달려 있었다.

　그리고 친구 신청도 벌써 10만이 넘어가고 있었다. 지영은 원하는 대로 상황이 흘러가자 새벽부터 웃었다.

　"이럴 때 모든 것은 계획대로, 란 대사를 하는 건가?"

　혼자 그렇게 중얼거리다가 피식 웃은 지영은 댓글부터 하나씩 읽기 시작했다. 댓글은 전부 지영을 걱정하는 글이 대부분이었다. 몸은 괜찮으냐, 병실에 필요한 건 없냐, SNS 내용이 너무 자극적인 건 아니냐 등등.

　거의 대부분이 지영을 걱정하는 글이었다.

　지영은 이런 팬들의 마음에 감사함을 느꼈다. 또한 반대로 미안함도 느꼈다. 자기가 좋아하는 스타를 걱정하는 건 팬이라면 그리 이상한 일도 아니었고, 이런 경우가 한두 번도 아니었지만 어쨌든 자신의 일에 팬을 이용해 먹는 일이기 때문이다.

　댓글을 읽은 지영은 일단 친구 요청을 전부 수락했다. 어차피 기왕 시작한 거, 끝까지 갈 생각이었다.

　지영이 한 번에 친구 수락을 하자 엄청난 수의 글을 달리기 시작했다. 하지만 지영은 너무 많아 일일이 답을 해주진 않았다.

　시간이 지나고 간호사가 경호원들과 함께 들어왔다.

　벌써 2주째 3교대로 지영의 병실 앞을 지키는 이들이지만,

언제나 반듯함을 유지하고 있었다. 예전이었다면 좀 미안해했을 텐데, 지금의 지영은 별로 그런 감정을 느끼지 않았다. 그들 또한 그런 지영의 반응에 다른 감정을 갖지도 않았다.

"환부 소독하고 거즈 갈아드릴게요."

라인을 잘 탄 건지 서른 중반밖에 안 되어 보이는데 벌써 수간호사를 단 전담 간호사가 능숙하게 지영의 상처를 소독하고, 다시 거즈를 붙여줬다. 상처는 사실 굳이 소독을 안 해도 될 정도였다. 탄이 훑고 지나가면서 홈처럼 움푹 파이긴 했지만 그게 활동에 지장을 주는 정도는 아니었다.

담당의 말로는 천천히 재생도 될 거라고 했다.

물론 어깨에 줄 좀 그어졌다고 실의에 빠질 지영이 아니라 별로 신경은 안 쓰고 있었다.

"수간호사님?"

"네?"

"환자복 좀 하나 더 가져다주시고요."

"네."

"면회 신청 들어온 거 있거든 전부 거절해 주시고요."

"네."

수간호사는 VIP를 상대해 본 경험이 많은지 정말 기계처럼 대답했다. 그 어떤 사소한 감정도 배제한, 딱 환자에게만 집중하는 모습을 보여주고 있었다. 물론 이 또한 교육을 받았겠지만 지영은 이런 직업의식이 참 마음에 들었다. 안 그래도 생각할 게 많은데 간호사마저 특정 감정을 가진 채 대하기 시작하면 피곤하기 그지없기 때문이다.

"의사 선생님한테 언제부터 운동이 가능한지 여쭤봐 주세요."

"네."

기계처럼 네네네만 한 수간호사가 챙겨온 소독 물품을 챙겨 다시 밖으로 나갔다. 간호사가 나가고, 정순철이 교차하면서 들어왔다. 그의 얼굴은 그날 이후 지금까지 풀린 적이 없었다. 오늘도 마찬가지였다. 한껏 굳은 정순철이 지영의 앞에 와서 조용히 섰다. 지영은 정순철에게 나쁜 감정을 가진 적은 없었다.

작정한 히트 맨의 저격을 막는 건 정말로 어렵다는 걸 알기 때문이다. 당장 작정하고 지영이 움직이면 솔직히 밖을 움직이는 표적은 쉽게 잡을 수 있었다. 물론, 지금처럼 유명인이 아니란 가정이 붙어야 했지만, 지금이라도 그리 어려운 건 아니었다.

"아침 댓바람부터 어쩐 일이세요?"

"후우, 지영 씨 혹시 SNS에 글 올리셨습니까?"

"네, 걱정하는 팬들 위로하는 차원에서요."

거짓말이었다.

팬을 위로하는 게 아닌, 팬을 이용해 숲속에 똬리 틀고 움직이지 않는 뱀 한 마리를 자극한 것이다. 그리고 그걸 정순철도 눈치챘다. 정순철은 지영이 어떤 '인간'인지 그동안의 근접 경호를 통해 못해도 50%는 파악하고 있었다. 그리고 그 50% 안에는 지영의 '무력'과 '성격'도 포함되어 있었다.

정순철은 아직 상부에 보고하진 않았지만 지영이 그 글을 올린 의도를 보는 순간 눈치챘다.

"하아, 너무 위험합니다."

"……"

정순철의 말에 지영은 눈을 가늘게 뜨고, 그를 올려다봤다. 컷팅한 흑요석에 푸른빛이 깃든 것처럼 천장 조명에 번들거리는 지영의 눈빛은 정순철도 순간 움찔할 정도였다.

"일단 휴게실에서 가서 얘기하죠."

"……"

지영은 자리에서 일어났다.

그 순간 때마침 수간호사가 다시 환자복을 들고 들어왔다. 지영은 바로 상의를 벗었다.

"……"

"……"

두 사람은 지영의 상체가 보이는 순간 또다시 흠칫 놀랐다. 아무리 봐도 도저히 적응이 안 되는 살벌한 상처들이었다. 불로 지지고, 칼로 찢고, 그런 상처들이 다시 아물었다가 찢기고, 타고, 그런 상처들이 상체를 완전 도배하다시피 휘감고 있었다. 스물 초중반에 간호사가 된 수간호사도 결단코 저런 상처는 처음이었다.

정순철도 마찬가지였다.

회사에도 저런 몸을 가진 특작부대 출신 회사원은 아무도 없었다. 그래서 상처가 주는 살벌한 메시지가 으스스하게 느껴졌다. 상의를 갈아입고, 바지는 휴게실에서 가서 다시 갈아입고 나온 지영은 갈아입은 옷을 세탁 바구니에 넣었다.

"호, 혹시 더 필요한 게 있으신가요?"

"아니요, 이제 됐어요. 감사합니다."

"네, 운동은 담당 의사 선생님이 이따 아홉 시 회전에 오셔서 직접 전하겠다고 하셨습니다."

"네."

지잉.

그 말을 끝으로 수간호사는 얼른 밖으로 나갔다. 아마도 지영의 상체를 보고 겁을 먹은 게 분명해 보였다. 지영은 정순철과 함께 다시 휴게실로 들어갔다. 웬만한 아파트의 안방보다 두 배 이상 큰 휴게실이 지영과 정순철이 들어왔는데도 휑한 느낌을 버리지 않겠다는 듯이 안고 있었다.

소파에 마주 보고 앉은 정순철을 똑바로 바라봤다.

말했듯이 그에게 악감정은 없었다.

하지만 짚고 넘어갈 건 짚고 넘어가야 했다. 지영의 시선을 받은 정순철이 다시 한숨과 함께 입을 열었다.

"지영 씨, 아까도 말했듯이 히트 맨을 자극하는 건 너무 위험합니다."

"저는 그냥 위로 겸, 안부 사진을 올렸을 뿐입니다."

"하아, 지영 씨. 저도 이제 지영 씨를 어느 정도 안다고 자부합니다. 지금 지영 씨는……."

거기까지 말하고 정순철은 말을 아꼈다. 지영은 그런 정순철을 가만히 바라봤다. 몇 번이나 말했듯이 자신을 위해 고생해주고 있는 정순철에게 악감정은 없었다. 하지만 이번엔 순순히 협조하고 싶은 마음이 더더욱 없는 상태였다.

이미 지영은… 빡이 돌 대로 돌아버린 상태였다.

옛날 생에서도 이렇게 목숨을 위협받은 적은 많았다. 쫓기는 건 뭐, 일상이었다. 그런 삶을 살았던 지영이니 이번 일이 그리 크게 대단하게 느껴지는 건 아니었다. 그러나 그 많은 경험 속에서 배운 게 있다면, 받은 만큼 돌려주지 못하면 끝날 때까지 받기만 해야 된다는 점이었다.

포기하지 않을 것이다.

끈질기게 악착같이 지영에게 폭탄을 들이밀 것이다.

그건 지영의 숨이 끊어지는 그 순간까지 계속될 것이다.

그러니 지영은 정말 더러운 상황에 처한 거다.

그런데 이런 상황을 점잖게 넘어가라고?

천하의 강지영에게?

자신을 노렸던 이정숙의 턱을 깨부쉈고, 서소정에게 악마도 안 할 짓을 했던 놈들을 모조리 잡아, 죽여, 태워, 묻어버린 지영에게?

지영은 절대로 성인군자(聖人君子)가 아니었다.

오히려 절대적으로 그 반대에 가까운 선에 서 있는 게 강지영이란 인간이었다.

"부탁합니다. 글을 내려줄 수 없을까요?"

"왜 그래야 하죠? 저는 팬과의 교류도 해서는 안 되는 건가요? 명색이 배우인데?"

"하아, 지영 씨."

지영의 말에 정순철은 다시 한숨을 내쉬었다.

답답할 것이다.

지영이 이런 식으로 발뺌을 하면 솔직히 정순철로서는 어떻게 할 방법이 없었다. 지영의 의도는 확실하게 전해지고 있었다. 이미 아침잠 없는 기자들은 지영의 SNS 내용을 기사화하고 있었다.

방향은 여러 가지였다.

지영의 건재, 지영의 도발을 포함해서 자극적이면서도, 이해 가능한 범주 내에서 제목을 짜 우르르 인터넷에 올리고 있었다. 범인이 한국에 있다면 이 기사를 못 볼 리가 없었다. 아니, 한국에 없더라도 이 기사는 분명 히트 맨이 확인할 게 분명했다. 더불어… IS도 마찬가지였다.

지영의 저격이 벌어지고 한 시간도 채 지나지 않아 인터넷에 범행성명을 발표한 놈들이니 분명 지영의 소식에 관심을 가질 게 분명했다. 정순철이 한숨을 내쉬는 이유가 그거였다. 이미 2차까지 지영의 암살 기도가 이루어진 마당에 이 도발에 또 재차 테러가 벌어질까봐, 그게 걱정이었다.

지영의 경호에 관여되어 있는 사람들은 지영의 SNS 게시글을 보고 진짜 기겁했다. 단 한 글귀다.

나는, 살아 있다.

이건 곧 나는 살아 있으니, 너희들은 실패했다는 뜻이다. 또한 사진까지 올린 건 언제든 찾아오라는 의미도 적절하게 배어 있었다. 조금만 생각해도 알 메시지 내용이니 반드시 저들도 확인하는 순간 파악할 것이고, 그것은 곧 자극이 될 것이다. 하지만 정순철은 그게 불안했다. 자존심 상하지만. 아니, 이미 자잘하게 쪼개져 흩어져 있는 상태지만 아직까지도 히트 맨의 종적조차 잡지 못했다.

인종은 물론 성별, 신장, 체형, 히트 방식까지, 뭐 하나 파악된 게 하나도 없었다.

꼭지가 돌 만큼 돈 '회사 사장'의 지랄 발광이 있었고, 없어져야 할 내리 갈굼까지 터져 버린 상태지만 여전히 히트 맨은 오리무중이었다. 그러니 자극받은 히트 맨이 진짜 찾아오면 막을 방도가 없었다.

물론 VIP실의 경호는 삼엄하다 못해 살벌했다. 위아래 층은 물론, 양 옆방까지 전세를 내고 교대로 회사의 다섯 팀이 번갈아가며 지키고 있지만 현대의 암살 방식은 굉장히 진화했다. 아주 간단하게 예를 들어 지영에게 놓을 주사약만 갈아치워도, 지영은 꼴까닥! 숨이 넘어갈 것이다.

그래서 자존심은 둘째 치고 불안한 것이다.

지영을 지켜내지 못할까 봐, 그게 너무나 불안한 정순철이었다. 하지만 지영은 물러나고 싶은 마음이 없었다.

아쉽지만… 이미 주변에 도움이 될 라인마저 막혀가고 있었다.

스스로를 과대평가하는 건 아니지만, 도발에 넘어가 찾아만 와준다면……

'팔다리를 죄다 꺾어줄 수 있어. 하는 거 봐서 모가지도……'

이번만큼은 절대로 쉽게 넘어갈 생각이 없었다.

그리고 사실, 지영이 생각하기에 정순철이 와서 이러는 것도 이미 늦었다. 새벽에 올린 지영의 게시 글은 이미 퍼질 만큼 퍼진 상태였다.

"알겠습니다. 저는 대책을 강구하러 가겠습니다. 이따 오후에 부장님이 잠시 면담을 요청했는데, 괜찮을까요?"

"네. 수고하세요."

"네."

자리에서 일어난 정순철이 나가고, 지영은 그의 뒷모습을 보다가 아침부터 스멀스멀 기어 올라오는 짜증에 결국 또 담배를 하나 꺼내 물었다. 그리고 불을 붙이려는데 지잉, 지잉 폰이 울어댔다.

발신자, 유은재.

잠시 고민하던 지영은 받기로 했다.

어제 연락도 안 받아서 아마 지금… 화가 좀 난 상태일 게 분명했기 때문이다.

"응."

ㅡ어이, 내 남자.

"응?"

―어제는 왜 전화를 씹으셨나?

건들건들거리는 양아치 콘셉트처럼 나온 은재의 말에 지영은 그냥 피식 웃었다. 그러자 은재도 흐흐, 하고 같이 웃었다.

―몸은 좀 어때?

"좋아, 괜찮아. 상처도 많이 아물었고."

―다행이구만. 그런데 내 남자 참… 화끈한 짓을 하셨네?

지영의 SNS를 봤는지 뭔가 쌀쌀한 은재의 말에 지영은 바로 대답할 말을 찾지 못했다. 잠시 우물쭈물하는 사이, 은재의 목소리가 다시 날아들었다.

―널 잘 아니까, 잘할 거라고 생각은 하는데 그래도 너무 위험한 거 아니야? 거기 사람들이랑 충분히 의논은 한 거야?

"음……."

머리 좋은 은재답게 이미 대부분 파악하고 있었다. 지영은 그래서 솔직하게 말할까, 아니면 약을 좀 칠까 잠시 고민이 됐다. 그러나 이 고민은 어쩐 일로 전자가 이겼다.

"아니, 혼자 하려고."

―어? 왜?

"이제… 별로 이들을 믿지 못하겠거든."

―…….

"그리고 몸에다가 또 스크래치를 내놨는데 그냥 넘어갈 순 없잖아?"

―…….

지영의 아주 솔직한 대답에 이번엔 은재가 잠시간 침묵했다. 지영은 마찬가지로 침묵에는 침묵으로 답하면서 부산에서 입원한 당일 찾아왔던 은재의 모습이 떠올랐다. 처음에는 놀랐던 은재지만, 병실에 왔던 은재의 눈빛은 독했다.

　걱정이야 기본 옵션으로 깔려 있었고, 그 위에 탑을 세운 건 분노였다. 지영이 상처를 소독하는 걸 보고 이를 뿌득뿌득 갈았을 정도였다.

　―그래, 갚아줘야지. 내 남자가 그렇게 다쳤는데.

　이런 말을 할 만큼 강지영의 여자, 유은재는 멘탈이 대단한 여자였다.

　은재의 말에 지영은 작게 웃었다. 그녀도 아마 알 것이다. 지영이 지금 하려는 짓이 얼마나 위험한 일인지 말이다. 그런데도 저렇게 지지를 해주는 걸 보면 정말 은재에게도 여장부 기질이 확실하게 내재되어 있다는 걸 알 수 있었다.

　"너무 쉽게 허락해 주는 거 아냐?"

　―하지 말라고 하면 안 할 생각은 있고?

　"아니, 그건 아니지."

　―거봐. 지영이 네가 나한테 유한 모습을 많이 보여주고 있지만 실제 성격은 그렇지 않다는 것쯤은 알아.

　"그래?"

　―응, 눈빛만 봐도 장난 아닌데, 뭘.

　그렇게 대답하고 은재는 또 흐흐, 웃음을 흘렸다. 지영은 은재가 자신을 이해해 준다는 사실이 많은 위안이 됐다. 음흉하게 웃던 은재가 웃음을 뚝 멈추더니, 갑자기 한숨을 후우, 너무나 티 나게 뱉고는 말을 이었다.

—이제는 익숙해져야겠지. 너나, 나나. 평범하게 살기엔 이미 글러도 한참 글렀잖아? 그러니 문제가 생기면 밀어두지 말고 바로바로 해결하면서 나아가야지. 근데 그래도 조심해. 거기 도와주시는 분들 많으니까 상의 잘해서 하고. 내 남자, 이제 더 이상 다치는 건 용납하지 않습니다!

"응, 걱정 마."

—흐흐, 좋았으. 잘할 거라고 믿을게. 어, 어머님이 아침 준비 다됐다고 부르신다. 끊는다!

"응, 밥 맛있게 먹어."

—내 남자도! 뿅!

뚝, 통화를 종료한 지영은 가만히 창밖을 보다가, 피식 웃었다. 아침 8시가 막 되어가고 있었다. 그런데 아직도 도심은 새벽부터 피어난 짙은 안개가 격렬하게 끌어안고는 놓아주질 않았다.

뿌연 세상을 바라보며 지영은 왜 이번 생은 저 흐릿한 도심처럼 불투명한 건지 모르겠단 생각이 들었다. 그래서 웃음이 나왔다. 다행이라면 이런 자신을 이해해 주는 사람들이 주변에 많다는 게 가장 큰 위안이었다.

지잉. 다시 문이 열리고 전담 수간호사가 조식을 가져다주고는 얼른 밖으로 나갔다. VIP 병실이라 그런지 아침이지만 정말 장난 아니게 나왔다. 내과 치료가 아닌지라 식단에 크게 신경 쓸 필요가 없었다. 하지만 벌써 몇 주간 운동을 못 해 몸이 둔해지고 있어 지영은 최대한 영양 밸런스만 맞춰 식사를 했다.

맛은 끝내줬지만, 어딘가 아쉬운 식사를 끝낸 지영은 다시 휴게실 소파로 갔다.

슬슬 상처가 회복되어감에 따라 병실에 감금당하듯 입원해 있는 시간이 지루해져 갔다. 그리고 수풀을 두들겨 놨지만 뱀이 기어 나올 때까지는 마냥 기다리기만 해야 된다는 점이 더욱더 지영을 답답하게 했다.

물론 그렇게 낙관할 상황은 아니었다.

아니, 누가 들으면 미쳐도 단단히 미쳤다고 할 무모한 짓이었다. 솔직히 지영이니까 이런 미친 짓을 계획하고 실행했지, 일반인이라면 꿈도 못 꿨을 것이다. 지영은 하나씩 정리했다. 수풀에서 뱀이 기어 나왔을 때 자신에게 다가올 가장 빠른 루트, 암살 방법 등을 정리해 봤다.

의사.

간호사.

청소부.

등등 변장해서 온다면 저 셋 중에 하나일 가능성이 가장 높았다.

그럼 암살 방법은?

약물.

병원인 이상 역시 이쪽이다.

하지만 지영은 다른 방법도 있다는 걸 분명 알았다.

'혼란을 틈타 저격한다거나……'

이 병실의 외부 유리창은 방탄유리다. 진짜 지대공 미사일을 날리지 않는 이상 저 유리창이 깨지진 않을 것이다. 하지만 그렇게 했다간? IS는 진짜 한국에 선전포고를 날린 꼴이 된다. 지영 하나가 아닌 수십, 수백의 국민이 죽거나 다칠 게 분명했기 때문이다. 그들이 아무리 미쳤어도 거기까지 가진 않을 거라고 봤다.

그리고 그렇게 할 거였으면 당장 부산의 카페에서 이글라 같은 걸 갈겼을 것이다. 그럼 아무리 지영이라도 빠져나오기 힘들었을 거고, 그들의 목적은 달성된다. 그렇게까지 하지 않은 건 한국의 국군력을 무시 못 하고, 또한 대통령의 성향 또한 무시 못 하기 때문에 쓰지 않은 게 분명했다.

지영이 아는 한 그놈들은 종교적인 분쟁이 아닌, 정치적인 분쟁이 목적인 놈들이었다. 그렇지 않으면 국가를 건설한다는 개소리를 할 리가 없었다.

똑똑.

노크 소리에 시선을 돌려보니 김지혜가 와 있었다.

어제와 비슷한 감색 바지 정장을 입은 그녀는 손에 서류들을 가득 안고 있었다. 지영이 고개를 끄덕이자 안으로 들어온 그녀는 바로 지영의 앞에 앉았다.

"잘 쉬었어요?"

"뭐, 그럭저럭요."

"다행이네요. 어제 연락이 왔어요."

"호……."

그 말에 지영의 눈이 반짝거렸다.

없던 연락이 왔다면 부뚜막 안에서 뭔가 결론이 난 게 분명했다. 그게 아니라면 여태 막혀 있던 연락이 갑자기 왔을 리가 없었다.

"이번에 들어온 히트 맨은 개인이 아니라는 연락이었어요."

"개인이 아니다. 그럼, 으음."

"네, 그들의 팀명은……."

밤안개(Night fog).

김지혜는 손가락으로 테이블에 단어를 적어 넣었다. 글자로 남진 않았지만 획을 보고 지영은 바로 이해했다.

"팀이라……."

"끈질기게 따라붙은 끝에 그들이 저격에 사용했던 총기의 밀반입을 확인했어요. 업체 명으로 되어 있었는데 당연히 유령 회사(Bogus company)였어요."

역시 부뚜막은 확실히 국내에서 엄청난 정보력을 가지고 있었다. 시간이 좀 걸렸지만 저기까지 알아낸 것만 해도 대단한 일이었다. 하지만 그래도 의문은 남는다.

"유령 회사라고 팀이라 단정할 순 없지 않나요?"

"밀입국 업체를 샅샅이 뒤진 결과, 같은 회사의 이름으로 돈을 건넨 정황을 포착했고 다섯 명이 들어왔다는 것도 확인을 끝냈다고 해요."

"……."

역시 대단하다.

기가 막힐 정도로 대단한 정보력이다.

지영은 김지혜가 자신에게 이런 말을 전한다는 것 자체가 내부 파벌 중 한쪽은 자신과 함께 가기를 희망했다는 것을 알 수 있었다. 그래서 따로 그 부분은 아예 묻지 않았고, 이 얘기에만 집중하기로 했다.

"좋아요. 밤안개. 팀이고, 다섯 명. 맞나요?"

"네, 실루엣 확인 결과 여성 둘이 포함된 팀이에요. 국적, 나이, 인종까지는 아직 미확인 상태입니다."

"그게 제일 중요한 부분인데……."

지영이 아쉬운 듯 말을 흐르자, 김지혜는 고개를 푹 숙이며 대답했다.

"죄송합니다."

"아니요. 여기까지 알아낸 것만 해도 대단한 거죠. 회사나 다른 정보 기관들은 아직 가닥도 못 잡았는걸요."

지영이 그렇게 말하자 얼굴에 감정을 크게 내비치지 않는 김지혜가 아주 잠깐 뿌듯한 얼굴을 했다가, 얼른 원상태로 되돌렸다.

확실히 대단한 일이었다.

지영은 가장 중요한 걸 아직 못 알아내긴 했지만, 이 정도만 해도 엄청 큰 도움이 된다는 걸 알고 있었다.

"막에서 이례적으로 방향을 제시했습니다. 들으시겠어요?"

"…막에서?"

지영은 좀 놀랐다.

정보만 제시하던 막에서 방향까지 제시했다.

왜?

지영이 빤히 바라보자 김지혜는 얼른 그 이유를 설명했다.

"잃어버린 신뢰를 찾기 위함이라는 말을 전해 들었습니다. 이미 파벌은 갈렸고, 반은 따로 나갈 것 같습니다. 아쉽게도 해외 쪽 비선 라인은 대부분 잃게 된 만큼, 대신 국내에 집중하기로 했다는 얘기도 같이 들었습니다. 그리고 지영 씨는… 현재 국내 라인의 가장 큰손 중에 한 명입니다."

"고객 관리라는 거군요. 동시에 변화도 같이 시도하는 거고."

"네, 오랜 세월을 전통을 유지했지만 결국에는 반으로 쪼개지는 걸로 파국을 맞이했으니까요."

"……"

지영은 고개를 끄덕였다.

전통을 잇는다는 건 나쁜 게 아니라고 봤다.

요즘이야 전통을 되살리려 노력하고 있지만 옛날에는 그런 고집스러운 장인들 때문에 그 가계는 거의 대부분 폭망의 길을 걸었다.

요는 돈이다.

전통을 고집해 수익을 내지 못하면 당연히 가계가 기우는 건 순식간이고, 그렇게 전통은 끊긴다.

판소리 같은 것처럼 시대의 흐름, 변화와 적당히 타협하는 건 결코 나쁜 선택이 아니었다. 부뚜막이 딱 그랬다. 그들도 지금 새로운 시대의 흐름에 맞춰 스스로를 개혁하고 있었다. 나쁜 선택이 아니었다.

"들어보죠."

"지영 씨 혼자는 위험하다고 판단이 됩니다. 팀 밤안개는 이제 데뷔하는 신인이지만 당시 사건을 기준으로 판단했을 때 아주 위험한 에이급으로 추정되기 때문입니다."

저격 타이밍.

도주.

이 두 가지만 봐도 그들이 얼마나 치밀한지 알 수 있었다. 지영도 그 말에 고개를 끄덕였다. 개인인 줄 알았는데 팀이면 확실히 곤란한 상황에 처해질 가능성이 더 높았다.

"그렇게 판단됨으로, 지영 씨와 함께하는 회사와 함께하는 것도 좋은 선택이 될 거라고 했습니다."

"회사라……."

정순철이 다니는 회사를 말함이다.

그 회사의 진실된 회사명은 이렇다.

국가정보원(National Intelligence Service, NIS, 國家情報院).

국가 안보를 위해 정보 활동을 하는 대통령 직속 정보기관이다. 대북 파트, 해외 파트, 국내 파트로 나뉘어져 있고, 주어진 힘은 막강했다. 옛날에는 좀 뻘짓을 하긴 했지만 지금은 순기능을 그대로 돌리고 있는 대한민국 정보기관 중 넘버원이 바로 국가정보원, 국정원이었다.

"하나 묻죠."

"네."

"회사는 당신들 존재를 알고 있습니까?"

"당연합니다. 다만, 자존심이 있어서 협력은 하지 않습니다. 지금까지는 말입니다."

"지금까지라……."

엄청나게 의미심장한 말이었다.

단순한 개혁이 아니었다.

반으로 쪼개지는 파국을 맞이한 뒤 부뚜막에는 지금 대대적인 개혁의 바람이 불고 있는 것 같았다. 그리고 그 바람은 그들 스스로 불어넣고 있는 바람이었다. 어쨌든 김지혜의 말로 회사와 협력할 의사가 있다는 걸 파악했으니, 이제 다음 걸 물어야 했다.

"그럼, 지혜 씨의 정체가 드러나도 괜찮겠어요?"

"네, 그 부분도 이미 각오했습니다."

"…나중에 골치 아픈 일로 번질 수도 있을 텐데요?"

"지금은 지영 씨 옆에 있지만, 저도… 부뚜막의 주모 중 한 명이었습니다. 그들의 손에 잡힐 정도로 무능하지는 않습니다."

어쩐 일로 싱긋 웃으며 그렇게 대답한 김지혜였다. 지영이 보기에는 그 싱그러운 미소에는 자신감이 가득했다.

"좋아요. 제가 상황을 통제하기는 무리니까 오히려 적당한 신분이 하나 더 있는 지혜 씨가 매니저를 계속해 주고, 회사와 조율하는 것도 같이 맡아주세요."

"네."

좋아……. 지영은 부뚜막의 존재를 알고 있다는 것에 참 감사했다. 유익한 개혁의 바람이 불고 있는 부뚜막은 적어도 국내에서만큼은 엄청난 도움이 될 게 확실했기 때문이다.

다행이었다.

신뢰를 잃어가던 조직이 자발적으로 그 신뢰를 되찾으려 노력해 준다는 사실이 말이다. 생각의 정리를 다시 한번 끝낸 지영은 김지혜를 바라보며 말했다.

"말 나온 김에 바로 진행하죠. 가서 정순철 팀장님 좀 불러주시겠어요?"

"네."

김지혜는 바로 대답하고 밖으로 나갔다.

지영은 그녀가 떠나간 자리를 보다가 피식 웃고 말았다. 자신의 상황이 참 오묘해서였다. 악재(惡材)도 있었지만 반대로 호재(好材)도 동시에 찾아왔다.

5분이 지나기도 전에 김지혜가 정순철과 함께 들어왔다.

"앉으세요."

"네."

자리에 앉은 정순철에게 지영은 뭐라고 설명을 할까 잠시 고민하다가, 그냥 직진으로 가는 걸 택했다.

"혹시 부뚜막이라고 아세요?"

"네?"

"정보 조직, 부뚜막이요."

"허, 허어……."

지영의 말에 정순철이 어이가 없는 눈빛으로 지영을 바라봤다. 입을 쩍 벌리고, 눈을 껌뻑이던 그의 모습에 지영은 그가 참 회사에 안 맞게 순박한 사람이란 생각을 했다. 그래도 그는 금방 정신을 차리고 놀란 목소리로 어조로 열었다.

"거, 거길 대체 어떻게 알았습니까?"

"그건 차차 설명할게요. 여기 김지혜 매니저님을 다시 소개할게요."

"네?"

"지금은 제 매니저지만… 인사하세요. 전직 부뚜막 주모, 김지혜 씨입니다."

"……"

스르륵.

정순철의 놀란 시선이 담담한 표정의 김지혜에게 고정됐다.

그리고 그는 잠시 뒤에 멍한 표정으로 한마디를 흘렸다.

"헐."

*　　　　　*　　　　　*

"그러니까 팀이라는 말이지요? 다섯 명으로 이루어진."

"네."

"부산을 무대로 활동하는 밀입국 업체를 통해 들어왔고 무기는 마찬가지로 그쪽에서 활동하는 밀반입 업체를 통해 들어왔고요?"

"네, 맞아요."

정신을 차린 정순철에게 사정을 요약해서 설명했고, 그는 바로 대화에 집중했다. 하지만 집중했다고는 해도 아직까지 김지혜를 힐끔거리고 있는 걸로 보아 꽤나 혼란스러워하는 게 분명해 보였다.

"음……."

그래도 그는 어떻게든 대화에 집중하려는 의지가 보였다. 지영은 일단 그런 둘의 대화를 지켜봤다. 끼어들어 봐야 당장 어떤 해법을 제시할 수 있는 상황이 아니기도 했다. 하지만 정순철은 아닌 것 같았다.

인상을 잔뜩 찌푸린 채, 서서히 대화에 집중해 가는 그는 지영의 의견이 몹시도 필요한 것 같았다.

"지영 씨, 질문 하나 해도 되겠습니까?"

"네, 하세요."

"지영 씨는 지금… 그놈들 잡을 생각인 거지요?"

"……."

지영은 그 질문에 조용히 고개를 끄덕였다. 정순철의 도움을 받을 생각이 없었다면 김지혜의 존재를 밝히지도 않았다. 확실히 개인보다는 단체의 힘이 필요한 순간이기 때문이다. 게다가 김지혜가 말했던 것처럼 팀이다.

하나가 아닌 다섯.

지영이 생각하기에 이 다섯의 역할은 분명히 나누어져 있을 거라고 봤지만 혹시 또 모르는 거다.

다섯 전체가 히트 맨 역할이 가능한, 그 혹시·말이다. 만약 다섯이 유기적으로 움직여 지영을 노리면 이것 또한 굉장히 골치 아픈 일이 될 확률이 높았다. 방심하고 있다가 당하지는 않겠지만 인간인 이상 총기의 위력 앞에 자유로울 수는 없었다.

"음… 덫을 놓을 생각인 것도 맞고요?"

"……."

정순철이 재차 한 질문에 지영은 이번에도 고개만 끄덕여 대답을 대신했다. 그래, 덫을 놓을 생각이다. 어차피 SNS로 굳이 자극한 이유도 포기하지 말고, 들어오란 메시지가 짙게 포함되어 있었다.

그래서 만약 히트 맨 팀이 그 메시지에 자극을 받아 들어온다면? 앉아서 그냥 기다릴까? 저절로 한숨과 함께 고개가 저어질 정도로 그건 어리석은 짓이었다. 정순철과의 지금 이 대화는 그 덫을 놓는 데 필요한 도움을 얻기 위해서였다. 지영 혼자 준비하는 것보다는 그래도 자존심이 상할 만큼 상해 독이 잔뜩 오른 회사원들의 도움이 있다면 훨씬 수월해질 거라는, 세 살짜리 어린애도 알 수 있을 정도로 당연한 일이었다.

"후우, 아무리 생각해 봐도 정말 위험한 방법이긴 합니다만……"

"저도 압니다. 하지만 앉아서 이렇게 그들이 물러날 때까지 기다릴 수도 없는 노릇입니다."

"그거야… 그렇습니다."

"구더기 무서워 장 안 담글 겁니까?"

"……."

"무너진 자존심들은요?"

"하아."

지영이 자극하자 정순철은 한숨을 길게 내뱉어냈다. 지영이 하는 일은 하이 리스크, 하이 리턴의 법칙이 짙게 배어 있었다. 성공하면 히트 맨 팀을 모조리 잡는 성과를 얻을 수 있지만 반대로 실패하면 지영의 목숨이 위험해진다. 회사원 몇이 퇴직서를 제출하는 걸로 아마 안 끝날 수도 있단 생각이 지금 정순철의 머릿속을 바다를 표류하는 부표처럼 떠다니고 있을 것이다.

"내키지 않다면 빠지셔도 됩니다."

"……."

지영의 말에 슥 고개를 든 정순철의 눈빛에는 조금 당황한 기색이 서려 있었다. 왜 갑자기? 무슨 소리를 하려고? 그렇게 묻는 눈빛이었다.

"대신 저는 오늘부로 퇴원합니다."

"아… 지영 씨, 그건……."

"제가 지금 재차 있을 테러가 무서워서 여기 이렇게 처박혀 있는지 아시는 건… 아니죠?"

지영은 정순철이 자신을 어떻게 생각하는지 잘 알고 있었다. 그리고 다른 나라에서도 시리아를 중심으로 떠도는 붉은 눈에 사신에 대한 정보를 알고 있다. 한국에 돌아온 지 1년이 다 되어가는 지금, 분명 정순철이 속한 회사에서도 그 소문을 접했을 가능성이 높고, 순도 깊게 조사를 끝냈을 것이다.

그러니 정순철도 전부는 아니더라도 어느 정도는 안다고 봐야 했다.

베일에 싸인 5년의 과거를 말이다.

그리고 그동안 함께했던 시간이 상당한 만큼, 지영이 어떤 성향인지도 알고 있었다. 그가 여태껏 봐온 지영은 결코 당하고만 있을 사내가 아니란 걸 아니, 지금 저 말이 결코 농담으로 들리지 않았다.

아니, 애초에 강지영이란 인간 자체가 그리 농담을 즐겨 하는 사내도 아니었다.

"미치겠네요. 이거 위로 보고하면 무조건 빠꾸입니다. 아니, 빠꾸 정도가 아니라 미쳤냐고 쌍욕을 얻어먹을 겁니다."

"그럼 보고 안 하면 되겠네요."

"그렇게 하면 잘되도 욕먹고, 잘못되면… 아오, 끔찍하네요."

정순철은 진짜 답답해서 미치겠단 기색이었다. 그러다가 힐끔 김지혜를 바라봤다.

"저기… 놈들 지금 위치를 잡을 수는 없습니까?"

김지혜에게 그렇게 물어보는 정순철은 엄청 자존심이 상한 얼굴이었다. 국가에서 엄청난 지원을 받는 정보기관에서, 사설 정보기관에게 정보를 묻고 있었다. 경찰이, 아니, 검찰이 흥신소에 정보를 구하는 거나 크게 다를 바가 없는 상황이었다.

"지하 밑바닥이라도 파고들 기세로 숨었습니다. 현재 저희 쪽 라인이 밤안개 팀만 쫓고 있지만 애초에 정보가 너무 적습니다."

"……."

김지혜의 대답에 정순철은 고개를 절레절레 저었다. 답답할 것이다. 무기력한 회사, 자신의 모습에 아마 열불이 터질 것이다. 지영이 아는 한, 정순철은 그런 사람이었다. 하지만 지영은 아직 그를 달래줄 생각이 없었다.

"제가 안 돕겠다고 해도 지… 아닙니다, 후우."

뭔 말을 하던 정순철은 그냥 포기했는지, 소파 깊숙이 몸을 묻었다. 꽤나 지친 기색이었다. 이런 류의 대화는 정신력을 갉아먹는 데는 최고이니 이해가 갔다. 치익. 담배를 꺼내 문 정순철이 반 정도 피우고는 상체를 벌떡 세웠다.

"알겠습니다. 까짓것… 깨질 때 깨지더라도 해보죠."

정순철의 말에 지영은 이판사판 공사판이라는 단어가 지영은 생각났다. 지금 정순철이 딱 그랬다.

김지혜의 표정 변화 없는 얼굴에서 그다지 감정이 섞이지 않은 말이 훅 튀어 나갔다.

"현재 지영 씨 경호 인원을 알 수 있을까요?"

"공식적인 수야 아실 테고, 비공식으로 투입된 인원까지 합치면 다섯 개 팀입니다."

엄청 많은 수였다.

"시뮬레이션 돌려본 게 있죠?"

"네."

"저희는 첫 번째로 화재를 예상했어요."

"저희도 마찬가지입니다."

지영은 둘의 대화를 들으며 담배를 하나 꺼내 물었다. 이놈에 담배 끊어야지, 끊어야지 하면서도 항상 이렇게 버릇처럼 입에 물고 있었다.

"지영 씨는 뭘 예상하셨습니까?"

"저는… 의사를 예상했습니다."

"네, 의사요? 그쪽은 저희가 철저하게 케어하고 있습니다만?"

"화재 플러스 의사입니다. 혼란을 틈타 슬쩍 올라오면 당황한 회사원들이 그 의사를 제대로 검사할 수 있겠습니까?"

"……."

"간호사도 마찬가지입니다. 지혜 씨가 밤안개 팀에 여성 두 명이 있다고 했으니까요."

"국적이라도 알면 좋을 텐데……."

화면이 너무 흐릿해서 국적은 당연히 파악이 불가능했다. 분명 이후 이동 경로를 뒤졌지만 어느 순간에 증발하듯 사라졌다. 지영도, 김지혜도 분명 히트 맨을 돕는 한국 내의 IS 동조 세력이 있을 거라고 판단했다.

다국적 시민이 서울 다음으로 인천과 비교되는 부산이라면 충분히 가능성이 있는 일이었다. 머리를 한 차례 쓸어 넘긴 김지혜가 다시 입을 열었다.

"지금 현재 가장 문제되는 건, 이미 잠입했을 가능성이에요."

"잠입했을 가능성이요?"

"네, 환자로 내원해 입원했거나 하고 있다면 이목을 숨기기도 참 좋죠."

"하지만 환자 카르테는 저희도 받아보고 있습니다."

김지혜는 정순철을 빤히 바라봤다.

그녀는 눈빛으로 설마 그 정도 확인으로 가능성을 제로로 만들 생각이냐고 묻는 것 같았다. 아니, 그렇게 묻고 있었다. 그런 김지혜의 눈빛에 정순철의 눈빛이 착 가라앉았다.

"병원 내 동조자가 있다는 말씀입니까?"

"모든 가능성을 열어놔야 해요. 없었다고 해도 만들어내는 건… 가능하니까요."

"……."

정순철은 입술을 꾹 깨물었다.

지영은 김지혜의 말에 고개를 끄덕였다. 이건 지영도 생각하고 있던 부분이었다. 김지혜의 말처럼 병원 내에 어떻게 동조자를 만들 수 있을까? 방법이야… 많다.

'일단 돈으로 매수했을 경우.'

병원에서 일한다고 전부 부자는 아닐 것이다.

빚더미에 앉아 있는 사람도 분명히 있을 것이고, 돈 욕심이 상당한 의사나 간호가도 분명히 있을 것이다. 가능성이 희박하다고? 이렇게 깔끔하게 일 처리하는 이들이라면 매수할 때 쓰는 돈도 분명 들키지 않게 처리할 가능성이 높았다.

애초에 저격 총기까지 밀반입시킬 정도의 라인이 있는 자들이다. 그 정도 일처리는 일도 아닐 것이다.

그리고 매수 말고, 가장 확실한 방법이 하나 더 있었다.

"납치 및 협박……."

정순철의 입에서 시기적절하게 나온 말에 지영은 고개를 끄덕였다. 저게 가장 확실한 방법이었다. 이 경우는 의사일 가능성이 높았다. 가족이나 애인을 납치한 다음, 협박. 그래서 카르테를 조작해 입원하면 이쪽을 속여 넘기는 건 일도 아니다.

　"환자 전부를 조사할 수도 없고……."

　이게 답답한 거다.

　작정하고 들어오면 정말 무슨 짓이든 다 쓸 수 있는데, 정순철이 일하는 회사는 이런 쪽에 경험이 많이 부족했다. 해외 파트나 대북 파트는 실전을 겪지만 국내 파트는 크게 이런 일을 겪지 않기 때문이다.

　그러니 방법의 다양성에 대해 교육받기는 하지만, 겪어보지 않아서 대응이 떨어졌다.

　"그래도 일단 지금은 안전할 겁니다. 미사일이라도 갈기지 않는 이상은요."

　"한국에서 미사일을 갈기진 않겠죠. 소총과 미사일 사용은 아예 차원이 다른 문제니까요."

　"네. 후우, 일단 알겠습니다. 이 일은 제가……."

　지잉.

　병실 문이 열리는 소리가 들려서 셋의 얼굴이 전부 휙 돌아갔다.

　또각, 또각, 또각.

　경쾌한 하이힐 소리가 먼저 청각을 사로잡았고, 늘씬하게 뻗은 다리가 시각을 사로잡았다. 쫙 달라붙는 스키니진에, 검정

색 오픈 숄더 블라우스로 한껏 멋을 낸 김은채의 등장이었다.

지잉.

그녀는 병실에 지영이 없자 바로 휴게실로 왔다. 물론 노크나 안에 있는 사람들의 의사 따위는 조금도 신경 쓰지 않았다.

"뭐야, 아침부터 뭐 그리 심각한 얼굴들이야?"

예의는 저 멀리, 안드로메다보다 멀리 가져다 버린 게 김은채인 걸 모르는 사람들이 없어 그런지 지영은 물론 두 사람의 표정은 그녀가 들어오기 전과 비교해 별반 다르지 않았다.

"저는 그럼 매니저님과 남은 대화를 진행하겠습니다."

"네, 그렇게 해주세요. 부탁할게요, 매니저님."

지영의 대답에 김지혜가 고개를 끄덕이고는 밖으로 자리를 피해줬다. 두 사람이 상의한 일은 이따가 따로 들으면 될 일이다. 그리고 지금은 아침부터 찾아오신 김은채 씨를 상대해야 했다.

"아침 댓바람부터 어쩐 일이야?"

"후우, 숨 좀 돌리고."

소파에 앉아 척 다리를 꼬고, 담배를 입에 무는 김은채.

치익.

"후우… 나 맥주 좀."

"가져다 먹지?"

"좀 가져다주지?"

"……."

"……."

지영의 눈빛을 받아내던 김은채가 씁! 인상을 썼다.

"치사하게, 그거 뭐 어려운 일이라고."

결국엔 자기가 가서 냉장고에서 맥주를 꺼내 온 김은채는 아침부터 술판을 벌이기 시작했다. 종잡을 수 없는 정도가 아니라 이 정도면 안하무인이라고 칭해도 될 정도지만, 지영도 이미 이런 김은채에게 적응이 되어버렸는지 그냥 익숙했다. 그래서 지영은 그냥 팔짱을 끼고 김은채를 가만히 바라봤다. 담배를 비벼 끈 김은채는 그런 지영의 시선을 받아서, 쥐 잡아 먹은 것처럼 붉게 빛나는 입술을 열었다.

씩.

"빵꾸 난 데는?"

"……."

하여간 진짜… 정나미 떨어지게 만드는 데는 도가 튼 여자였다.

Chapter54
다이아몬드 수저

정말 말 한 마디, 한 마디가 아주 그냥, 사람의 기분을 뚝뚝 떨어지게 만드는 재주는 세계 제일일 거다.

"와서 고작 한다는 소리가 그딴 소리냐?"

"그럼 뭐, 내 입에서 고운 말 나오길 바랐어?"

피식.

김은채의 말을 듣고 생각해 보니까 그건 또 아니다. 벌써부터 언론에 독설녀로 이름을 슬슬 날리고 있는 김은채에게 따뜻한 말을 듣는다? 그건 그것 나름 소름이 돋을 일이었다.

"그래서 왜 왔나?"

"그냥, 일 있어서. 겸사겸사. 이 병원 원장이 고모한테 붙어서, 내가 관리하기로 했거든."

"……"

고작 스무 살인데?

"과정은 다 수료했거든?"

지영의 표정을 본 모양인지, 피식 웃으면서 김은채가 한 말에 지영은 과정이 문제냐는 말을 해주고 싶었다. 하지만 남의 집 안일이다. 이대로 대성이 망……

'은재 집안이기도 하잖아?'

은재야 당연히 욕심이 없었다.

지영도, 지영의 가족도 대성그룹에 관심이 전혀 없었다. 아니, 욕심이 없었다. 이미 지영이 충분하다 못해 넘치게 벌고 있었고, 강상만의 월급만 해도 상당했다. 게다가 임미정까지 재단 일을 하면서 거기 소속되어 월급을 받는 중이니 과소비만 하지 않으면 금전적 문제는 없다. 하지만… 세상일은 그렇게 간단한 법이 아니었다.

이미 존재가 드러난 마당이라 은재의 앞날은 사실 안개가 잔뜩 낀 비포장도로나 마찬가지였다. 그러니 이걸 또 완전히 남의 일이라고 단정 짓기도 어려웠다.

"잘할 수 있겠냐?"

그런 생각을 숨긴 채 묻자, 김은채는 또 소리 나게 피식 웃었다.

"우리 계열사 중에 가장 안정적으로 돌아가는 게 이 병원이야. 병원 일이란 게 의료사고만 안 터지면 아주 잘 돌아가거든. 내가 크게 따로 할 필요도 없어."

"그러냐?"

"그럼. 전문 경영가는 아니지만 이 정도면 경영 수업 배우기엔 적당하지."

"얼씨구, 그러다가 병원 말아먹는다?"

"그럴 일 없어. 내가 있고, 은재가 있고, 그리고 네가 있으니까."

"나?"

무슨 말을 하려고?

김은채는 남은 맥주를 원 샷 때리고 어딘가에 메시지를 넣었다. 그러곤 담배를 하나 더 입에 물었다. 치익. 종이가 타들어가는 소리가 제법 경쾌했다.

"후우… 야."

"왜."

"광고 하나 찍자."

"뭐?"

광고?

지영이 지금 찍는 광고는 은정백화점 광고가 유일했다. 정은정과의 인연 때문에, 현 시대에서도 그녀의 유지를 잇고 있었기 때문에 오직 유일하게 은정백화점만 CF를 찍었다. 그리고 그걸 김은채도 모르진 않을 것이다. 이미 대성 계열 광고를 줄기차게 까버렸기 때문이다. 그런데 지금 광고를 찍자고?

"뭔 헛소리야?"

"경영진 왕고가 됐는데 놀고먹을 순 없잖아? 나도 일 좀 해야지."

"그래서 인맥에 기대보시겠다?"

기도 안 찰 일이다.

그런데 김은채는 여전히 자신만만했다.

씩 웃은 뒤에 김은채가 꺼낸 말은 과연 자신감이 충만할 만
도 했다.

"공익광고 형태면?"

"공익?"

"그래, 찾아가는 의료 서비스를 할 생각이야. 전국 팔도, 섬
까지 전부. 물론 전부 공짜."

"무료 의료 서비스?"

"응."

김은채의 말은 굉장히 뜻밖이었다.

그래서 지영이 눈을 동그랗게 떴을 정도였다.

"시작은 소년, 소녀 가장들과 노인들 의료 복지 형태로 갈 거
고. 반응 봐서 좀 더 확대할 거야."

"……."

이것… 봐라?

지영은 조금은 김은채를 다시 봐야겠다고 생각했다. 저렇게
당당하게 말하는 걸 보니, 확인을 거치지 않아도 지금 이 생각
이 저기 저, 독설 가득한 머릿속에서 나왔다는 걸 알 수 있었
다.

"어때? 내가 생각했지만 제법 좋은 서비스 시스템인데. 안 그

래도 이번 오성이랑 치고받는 바람에 오물이 잔뜩 묻었는데, 이번에 인지도를 확 올려 좀 씻어내자는 거지."

"흠……."

"호, 고민하는 걸 보니 구미가 당기긴 하지?"

"예산이 상당히 나갈 텐데?"

"그 정도는 커버돼. 전국 광역시에 전부 우리 병원이 있고, 그 수입이 상당해. 적자까지 볼 정도는 아니야. 의사들이야 뭐, 로테이션 좀 돌리지 뭐."

아마 김은채는 병원 시스템을 정확하게 파악하진 못했을 거다. 그러니 세상에서 가장 바쁜 직종 중 하나인 대학 병원 의사를 로테이션을 돌린다는 말을 꺼낼 수 있는 거다. 의사들이 만약 지금 김은채의 말을 들었으면 어금니를 꽉 깨물었을 거다. 물론, 몰래. 걸리면 가운 벗는 정도로는 안 끝낼지도 모르는 김은채니 말이다.

"그리고 네가 광고 하나만 찍어주면 절대로 적자는 안 나. 오히려 줄을 대려고 하는 기업들도 생길 테니까."

"흠……."

가능하다.

강지영의 이미지는 굉장히 불안정하면서도, 일정하다. 그리고 신비주의 아닌 신비주의가 깔려 있다. 그가 가진 티켓 동원력은? 광고 이미지 파워는? 어마무시하다, 정말. 다 죽어가던 은정백화점을 광고 하나와 사인회 하나로 기사회생시켜 버렸고, 지금은 연 매출 1,000억을 넘기는 회사로 성장했다.

그게, 강지영의 파워를 보여주는 단적인 예였다.

지영이 뜨면 열광한다.

이 작은 나라에서 영화를 개봉하면 못해도 천만을 넘겨 버리는 파괴력이 있는 배우가 강지영이었다. 게다가 CF를 찍지 않기 때문에 희소가치까지 있었다. 이런 지영이 김은채가 계획한 무료 의료 서비스 사업의 광고를 찍으면?

확실히 여기저기서 줄을 대려는 움직임이 바로바로 나올 게 분명했다. 당장 은정백화점 사장 정미진만 해도 움직일 게 분명했다.

"후우… 그리고 손해 좀 나도 상관없어. 오 년 계획인데, 이 안에 적자를 봐도 그룹 이미지가 상승하며 얻는 부수적인 효과가 더 엄청날 게 분명하거든."

"호오……."

지영도 생각하고 있던 부분이었다.

김조선이 장악하고 거대하게 키운 언론 계열사들이 일시에 그녀가 주도하는 일을 보도하기 시작할 것이고, 그렇게 되면 이미지는 아주 제대로 쇄신될 것이다. 김은채는 거기까지도 분명 생각하고 있는 게 분명했다.

'아니, 애초에 그럴 작정으로 무료 의료 서비스 사업을 생각해 냈겠지.'

확실히 김은채는 머리를 굴릴 줄 알았다. 사람을 곤란하게 하는 재주와 비슷하게 사업 수완도 가지고 있는 게 분명했다. 그리고 가장 중요한 강단이 있었다. 마음먹었으면 저돌적으로 움직이는 타입들이 있는데 딱 김은채가 그 타입이었다.

'그러니 내가 어떤 상황인지도 알면서 아침 댓바람부터 찾아와 저런 용건을 당당하게 꺼내고 있지.'

이런 타입은 결정하면 불도저처럼 밀어붙인다. 그런 결단력에 실행력까지 있는데 그녀가 쓸 수 있는 카드가 제법 많았다. 그룹간의 전쟁이야 둘째 치고, 이제는 슬슬 비련의 여주인공으로 탈바꿈되어 가고 있는 소설가 유은재와 그의 연인이자 비운의 스타가 될 뻔한 강지영과의 인맥도 있다.

이 두 가지가 가지는 시너지 효과는 아마 엄청날 것이다.

"확실히 너도 난년이긴 난년이다."

"희망의 아이콘이자 천재 배우인 강지영의 입이 이렇게 험하다는 걸 사람들이 꼭 알았으면 좋겠는데, 아쉽네."

"왜, 나한테 따뜻한 말이 나오길 기대하는 거냐?"

"설마, 생각만 해도 소름 끼쳐."

피식.

피식.

둘이 동시에 웃었다.

지잉. 문이 열리고 그녀의 비서가 독한 보드카를 내려놓고 갔다. 물론 입가심용 안주와 얼음, 그리고 잔은 당연히 있었다. 지영은 그걸 빤히 보다가, 어이가 없는 목소리로 말했다.

"아침부터 술판 벌이시게?"

"니가 오케이 사인을 할 때까지. 이거 꼬장이야. 봤지? 밖을 지키는 사람들도 나는 안으로 들여보내 줬어. 이게 뜻하는 바가 뭘까요?"

"기가 막히네⋯⋯."

"후후."

씩 웃은 김은채는 바로 술을 따고, 잔에 따랐다. 그리고 얼음을 넣고 휘휘 저었다. 얼음부터 넣는 게 낫지 않냐? 라고 말하려던 지영은 그냥 입을 다물었다.

"크으, 역시 술은 아침 술이지."

"⋯⋯."

기가 막힐 뿐이다, 진짜.

대성병원이라는 거대한 덩어리를 경영할, 고작 스물 먹은 여자의 입에서 나올 말이라고는 아마 누구도 상상 못 할 것이다.

"한 잔 줄까?"

"됐어."

"왜, 빵꾸 때문에?"

"⋯⋯."

아하하.

이제는 그냥 허탈한 웃음이 나올 지경이었다.

"그냥 긁힌 거거든?"

"긁혔는데 몇 주나 짱 박혀 있어?"

"알고 그러는 거냐, 모르고 그러는 거냐?"

"알고."

꼴꼴꼴.

위스키 병 특유의 구조 때문에 나는 소리가 리듬감이 있게 휴게실을 메웠다. 김은채는 잔을 들어 터프하게 휙 마신 뒤 다시 테이블에 쨍! 소리가 나도록 내려놨다. 그러곤 사각형의 치즈를 입에 쏙 넣었다.

"모, 못 잡았다며?"

"먹고 말하지?"

우물우물.

후우…….

인내심 테스트를 당하는 기분이었지만, 일단 지영은 좀 참았다. 옛날 같았으면 그냥 확 깔아뭉개 버리겠는데, 안타깝게도 이 여자가 유은재의 언니이고, 둘이 그 사이를 서로 인정하는 바람에 이제는 기세를 담은 막말로 조지기도 뭐 했다.

"그 새끼들, 못 잡았다며?"

"……."

김은채의 말에 지영은 침묵을 유지한 채 고개를 갸웃했다.

씨익.

그 새끼들?

새끼들?

개인이 아닌 복수를 자칭하는 단어였다.

지영의 표정이 싹 굳어가자, 김은채의 미소가 더욱 진해졌다.

"왜 이래? 우리 대성이야, 대성. 부산에서 아파트로 시작해서 서울로 진출. 대기업이 된 대성그룹."

"나와바리라… 이거냐?"

"그렇지. 역시 눈치가 빨라."

김은채는 연달아서 잔에 다시 위스키를 따랐다. 이번에도 꼴꼴꼴, 경쾌한 리듬감이 느껴지는 사운드였다.

　"내 동생 애인이 총빵을 당했는데, 아무럼 내가 가만히 있었겠어? 그리고 거기서 조폭들까지 내려가 설쳤는데?"

　"……."

　"난 내 사람은 챙겨."

　"그건 처음 듣는 소리네, 또."

　"그럼 지금 들었으니 됐네."

　후우…….

　참을 인, 참을 인, 참을 인!

　지영이 살인을 면했다.

　그러나 여전히 타는 속 때문에 테이블 중앙에 딱 내려놨던 위스키를 잔에 따랐다. 그리고 단숨에 비워 버렸다.

　"이게 본론이냐?"

　"뭐, 그것도 겸사겸사. 어이, 강지영 씨. 건설 판때기가 어떻게 돌아가는지는 알아?"

　"갑자기 그건 왜?"

　"알아 몰라?"

　"설명해 봐."

　그간의 경험으로 어느 정도는 안다.

　따로 공부하지는 않아서 기본은 알지만, 어째 김은채가 그걸 물어본 건 아닌 것 같았다.

　"아파트 건설이란 게 말이지. 그리 쉬운 게 아니에요. 특히 재개발 구역은 말이야."

"……."

그리 밝은 이야기를 하는 건 아닌 것 같았다.

주워들은 지식은 아마 아닐 것이다. 건설업계 넘버원인 대성그룹이니 말이다. 지영은 그래서 그냥 조용히 듣기로 했다.

"별의별 일이 다 있어. 그러다 보니 불법적인 일도 다분히 의도적으로 일으키지. 예를 들자면… 용역 깡패나 뭐 이런 거?"

"깡패라……."

지영은 그 단어에 집중했다.

"유명한 전국구야 당연히 그런 일은 안하지. 그런데 부산 깡패가 다 전국구겠어? 떨거지 동네 양아치도 있고, 족보도 없는 것들도 있고, 뭐 그렇지. 그런 애들이 돈을 어디서 충당할까? 이런저런 잡일도 하고 뭐, 그러지 않겠어?"

"그 잡일이 용역 깡패다?"

"그렇지. 근데 우리는 이제 그런 일 안 해. 대기업의 반열에 든 대성이 용역 깡패 썼다고 해봐. 난리나지 않겠냐?"

"……."

이해했다.

여기까지 말했는데도 이해를 못 하는 게 더 이상한 일이다.

씨익.

지영의 표정을 본 김은채가 한차례 진득하게 웃어주더니, 다시 입을 열었다.

"당시에 그래도 그나마 회생 가능성이 있던 양아치들은 업체를 만들어 넣었다고 해. 그럼 폐기급 쓰레기들은? 당연히 지들 살길 찾아 떠나갔지. 근데 그 살길이 과연 합법적인 일일까? 나는 아니라고 보는데? 그렇게 갈라졌다고는 하지만 그렇다고 연락이 뚝 끊겼겠어? 어차피 끼리끼리 노는 놈들이었는데?"

"선이 남았다는 소리네?"

"그래, 알려고 하면 알 수 있다는 소리지. 아무리 부산 밑바닥에 숨었어도 말이지. 이상, 고모가 나한테 붙여준 유 전무가 해준 말을 내 말투로 읊어봤어."

"……"

피식.

상황이 재미있게 돌아간다.

지영이 환생의 기억으로 부뚜막의 존재를 알고 있던 것처럼 부산에서 성장한 대성그룹이 부산의 정보통을 포함한 모든 라인을 알고 있는 것도 그리 이상한 일이 아니었다. 아니, 어쩌면 당연한 일이었다.

꼴꼴꼴.

꼴꼴꼴.

김은채는 자신의 잔과 지영의 잔에 위스키를 가득 따랐다. 그러곤 들어 올리면서 씩 웃었다.

"딜?"

피식.

하여간 대단한 여자긴 하다.

지영은 잔을 들었다.

"딜."

이건, 거절할 이유가 전혀 없는 딜이었다.

그런데 딜을 뱉은 지영은 문득 김은채가 전부를 얘기하지 않았다는 걸 깨달았다. 그래서 잔을 입에 털어 넣기 전에 툭 던져 봤다.

"어디까지 알고 있냐?"

"여자 둘, 남자 셋이란 것과 아직 부산에 있다는 것."

"위치도 알고 있어?"

"응."

"……"

헐……. 허허.

지영이 어이가 없다는 듯이 노친네처럼 웃자, 김은채도 비슷하게 피식 웃었다.

"딜을 하려면 기본적으로 제대로 된 패를 들이밀고 봐야지. 공수표 던져서 어디 상대한테 믿음을 줄 수 있겠어?"

"……"

대단하다.

이 정도면 진짜 대단하단 말밖에는 안 나온다.

"물론 좀 고민은 했어. 네 성격이나 은재 성격이나, 딱 봐도 누구 하나 죽지 않는 이상 분명 끝까지 갈 건 확실하니 이걸 그냥 줘야 하나, 아니면 아까 말했던 광고랑 딜을 할까 고민 좀 했지. 근데 내가 사업가 기질은 좀 있나 봐? 첫 번째는 안 내키더라고."

피식.

김은채의 말에 이번엔 지영이 웃었다.

도대체 오늘 실소를 몇 번을 터뜨리고 있는지…… 셀 수가 없을 지경이다. 그것도 일어나고 아직 3시간도 채 지나지 않았는데 말이다.

"물리기 없기다? 나도 이거 데뷔전이라 잘해야 되거든."

"……"

김은채는 아주 그냥 실리만 잔뜩 챙기고 앉았다.

"넌 진짜 은재의 언니만 아니었으면……"

"아니었으면 뭐, 줘 패게?"

"못 할 것 같아?"

"아니. 하고도 남을 놈이지. 근데 내가 다이아몬드 수저인 거 잊지 마라? 나 같은 여자 때리면 너도 좋게 안 끝나. 오물판에서 질척임의 끝을 보여줄 수 있거든. 아, 맞다. 은재 맘 아프게 해도 그렇게 해줄 거야."

"그럴 일은 없고. 그래서 어디야?"

"뭐가?"

"딜 했으면 알려줘야지?"

"부산 근교, 밀레니엄 펜션."

피식.

아주아주 딱 적당한 상호 명에 숨어 있었다. 지영은 그곳이 그놈들의 밀레니엄을 장식하게 만들어줘야겠다는 생각이 아주 즉각적으로 들었다. 그리고 지영은 이 일이 이런 식으로 순식간에 풀릴 줄은 예상도 못 했다. 그리고 이 모든 게 김은채의 도움이라니, 더더욱 믿지 못할 일을 겪은 기분이었다. 그리고 어쩌면 병원에 잠입했을지도 모른다는 생각이 깨졌지만 그리 기분이 나쁘진 않았다.

오히려 매우 좋았다.

"근데 이거 하나는 확인 좀 하자."

그때 지영의 상념을 와장창! 깨부수는 목소리가 들려왔다. 당연히 김은채였다. 시선을 들자 가늘게 좁힌 김은채의 시선이 와락 달려들었다.

"말해."

"혼자 갈 거야?"

"……"

그 말에 지영은 기분이 착 가라앉음을 느꼈다.

"그걸 왜 묻지?"

"전문가들이야. 위험한 게 당연하잖아? 근데 혼자 가겠다고?"

"거기까지 말해줘야 할 의리는 없는 것 같은데?"

"아니, 있지. 내가 은재의 언니야. 너 없으면 걔 평생 혼자 살게 빤한데 멀쩡한 처자 노처녀로 늙어 죽게 만들 일 있어? 그걸 두고 볼 것 같고?"

말이야… 맞는 말이긴 하다.

김은채는 지영을 걱정하는 게 아닌, 은재를 걱정하고 있었다. 두 사람의 성격을 빤히 아니까 일이 잘못됐을 경우를 생각하고 있는 거다.

"그럼 아예 나한테 안 알려줬으면 되는 거 아니었나?"

"언젠간 알아낼 거잖아? 보니까 너도 따로 정보통이 있는 것 같던데. 그러느니 내가 먼저 챙기는 게 낫지."

"……"

하여간 정말… 대단하긴 대단한 여자다.

그 상황에서도 실리를 챙기는 능력이라니, 지영은 자신이라면 그렇게 할 수 있을까 생각해 봤다. 결론은 금방 나왔다.

불가(不可).

반드시 이기적이어야 할 때가 아니라면, 지영은 그렇게 실리만을 고집하는 성격은 아니었다.

"어쨌든 혼자 해결할 거야?"

"그건 대답 못 해주겠는데."

"……"

김은채의 찌릿한 시선에 지영은 한숨을 내쉬곤 다시 술을 따라 잔에 채웠다. 그리고 그 과정이 끝났을 때, 지영의 눈빛은 변해 있었다.

"적당히 하지?"

"니 걱정 안 해. 은재 때문이지."

"그것도 내가 알아서 해."

"……"

지영의 눈을 째리듯이 바라본 김은채는 결국 한숨을 내쉬고는 다시 담배를 물었다. 골초도 정말 이런 골초가 있나 싶을 정도였다.

치익.

종이 타는 소리가 지영을 자극했다.

담배가 순간적으로 당겼으나 목이 따끔거려 그냥 참기로 했다. 1분도 안 되어 끝까지 피운 김은채는 재떨이에 담배를 비벼 끈 후, 독한 위스키를 그대로 원샷 했다.

"너 여기 원장 만난다고 하지 않았냐?"

"아, 몰라. 너 때문에 짜증 났어."

누가 누구한테 할 소리를!

지영은 한숨과 함께 손을 휘휘 저었다.

"가라, 그만."

"한숨 자고. 어차피 점심때 만나기로 했으니까 두 시간 정도 여유 있어."

하여간 정말… 제멋대로의 끝판 왕이다. 고작 20년 살았지만, 그중 삼분에 일이 피 말리는 지옥 속이었으니 저렇게 성격이 맞이 가는 거야 조금 이해는 간다만, 그걸 받아주고픈 생각은 없었다.

"됐고, 이제 그만 가. 이따 올 사람 있으니까."

"치사하게. 병원비도 공짜로 대주는구만."

"안 해줘도 되니까 가라고."

"아, 나가. 나가!"

벌떡 일어난 김은채가 클러치 백을 챙겨 휑! 휴게실을 떠났다.

"하아."

'왜 쟤만 상대하면 이렇게 짜증스럽고, 화딱지가 날까?'

그렇다고 안 만날 수도 없고. 아주 그냥… 에휴. 결국 지영은 그냥 한숨으로 생각을 마무리했다. 하지만 그래도 소득은 있었다.

'밀레니엄 펜션이라……'

딱 알맞은 펜션 이름에 지영은 실소를 흘릴 수밖에 없었다. 지영은 몸을 깊숙하게 누웠다. 푹신한 소파의 감촉이 아침부터 이어진 대화 때문에 지친 심신을 어루만져 주는 것 같았다. 지영은 일단 정순철에게 이 정보를 주지 않기로 했다. 지금 줬는데 지들끼리 휙 쳐들어가서 잡아채 가면 답이 없기 때문이다.

그래서 일단은 김지혜에게 감시만 부탁할 생각이었다.

'감시만 된다면 언제고 갈 수 있으니까.'

정순철에게는 당장 미안하긴 하지만, 어쩔 수 없었다.

아침부터 여러 명과의 대화로 노곤해지는 감각을 느끼며 창밖을 보던 지영은 툭 한 마디를 내던졌다.

"슬슬… 퇴원해야겠네."

퇴원하는 게 좋아서일까?

지영의 입가에 지어진 미소는 어느 때보다 시리고, 찬란했다.

*　　　*　　　*

이틀 뒤, 지영의 퇴원은 비공개로 진행되었다.

각 언론사의 기자들이 연일 병원 근처에서 대기를 타고 있었지만 작정하고 움직이는 지영을 포착할 수는 없었다. 애초에 VIP 전용 지하 주차장에서 짙게 선팅 된 차량으로 움직이니 기자들이 알 수 있는 방법은 전무했다. 집 앞은 한산했다. 지영이 병원에 있는 줄 아니 당연한 일이었다.

그렇게 그날 사고 이후 거의 3주 만에 집에 온 지영은 뭔가 감회가 새롭다는 느낌을 받았다.

"요, 내 남자."

휠체어에 탄 은재가 씩 웃으면서 지영을 반겼다.

지영도 웃음으로 은재를 맞이했고, 그녀의 전속 비서관 겸 가정부가 된 유선정에게도 인사를 했다.

항상 단정한 모습의 유선정의 모습은 딱 메이드를 떠올리게 했다.

"차를 준비할까요?"

"언니, 부탁해요."

유선정이 차를 준비하러 주방으로 가자 지영은 그녀 대신 은재의 휠체어를 밀어 거실로 들어갔다.

변한 건 거의 없었다.

그저 테이블이 하나 더 생겼고, 그 위에 은재가 쓰는 노트북과 노트, 필통이 하나 생겼다는 게 가장 큰 변화였다.

"몸은 좀 어때?"

은재의 질문에 지영은 어깨를 한번 슥 돌렸다.

"괜찮아. 피부도 아물었고, 어깨 돌리는 데도 지장 없어. 운동까지 해도 된다는데?"

"다행이네, 흐흐."

은재는 밝게 웃었다.

지영은 은재의 그 미소, 특유의 웃음소리를 통화가 아닌 눈앞에서 듣자 굳어 있었던 정신이 어느 정도 풀려 나가고 있음을 느꼈다. 사랑하는 사람의 존재는 이렇게 한 사람에게 큰 영향을 미치고 있었다. 유선정이 영국에서 직접 공수했다는 홍차를 내려주고, 자리를 비켜줬다.

"너는 좀 어때?"

"으샤! 건강하지요!"

지영의 질문에 은재가 뽀빠이 같은 자세를 취하곤 익살맞게 웃었다. 요즘 잘 먹고 있는지 살이 조금 오른 모습이었지만, 지영은 그걸 굳이 말하지 않았다. 여자에게 체중이란 엄청나게 민감한 주제니 꺼내봐야 결코 좋은 소리를 듣진 못할 것 같아서였다.

"글은 잘돼?"

"글? 응, 뭐. 잘되고 있지. 자료 조사가 좀 어려워서 그렇지, 일단은 순조로워. 흐흐, 맞다. 나 이제 인세 들어오기 시작했다?"

"인세?"

"응! 엊그제 들어왔는데 완전 놀랐어!"

"왜?"

"흐흐, 내가 일해서 돈을 처음 벌잖아. 항상 누군가가 준 돈으로 밥을 먹었고, 그 이후에는 은채 언니가 다 신경 써줬고."

"아아."

가혹한 어린 시절을 보낸 은재다. 그러니 자신이 직접 일해서, 그 돈을 통장으로 받아보는 게 지금이 처음인 것도 무리는 아니었다.

"얼마나 들어왔어?"

"흐흐, 놀라지 마시라! 짠!"

은재는 그렇게 의미심장하게 웃곤, 폰을 지영에게 쭉 내밀었다. 엄청, 엄청 잘 팔렸다. 지금은 첫 인세라서 종이책 인세만 들어왔지만 지영이 알기로 유은재 저, 술은 유료 플랫폼에서 엄청나게 팔렸다고 했다. 그러니 다음 달이나, 다다음달엔 훨씬 더 많은 금액이 들어오리라.

"이야, 축하해."

"흐흐! 오늘 맛있는 거 먹자! 이따가 장… 보러가진 못하겠고. 선정 언니한테 부탁해서 고기 사다 달라고 하게. 어머님 아버님 몫까지 아주 충분하게!"

은재는 기분이 엄청 좋아 보였다.

그리고 좀 미안했다.

이런 날은 외식인데… 지영이 지금 외식할 여건이 조금도 되질 않았다. 김지혜에게 은밀히 부탁해 밀레니엄 펜션을 감시하는 중이긴 하지만, 그래도 마음을 놓을 수는 없었다.

"소! 한우! 특 등급! 오예!"

너무나 즐거워하는 은재의 모습에 지영도 씩 웃었다. 은재는 전에 없이 흥분한 모습이었다. 달뜬 얼굴을 보면 금방 알 수 있었다.

"이거 어머님한테 생활비 드리고, 남은 돈은 어려운 애들한테 쓰려고. 그래도 되지?"

"당연하지. 네가 번 돈인데, 너 하고 싶은 대로 해."

"<u>으흐흐</u>, 좋다. 돈 많이 벌어서, 나도 아이들한테 꿈과 희망을 주고 싶어."

기특한 생각이었다.

이제 고작 20살.

다리가 불편한 은재는 그 돈을 자신이 아닌, 남을 위해 쓸 생각을 하고 있었다. 그리고 그 남은 자신과 같이 불우한 어린 시절을 겪는 소년, 소녀들이었다. 지영은 은재의 이런 모습이 참 좋게 느껴졌다.

가식이 없는 모습.

희망을 잃지 않는 모습까지.

이런 강단을 보면, 김은채와 은재도 어느 정도 비슷한 부분이 있긴 했다. 인정하기 싫지만 외모에서도 좀 보이고, 성격에서도 좀 보이니 인정 안 할 수가 없었다.

지잉, 지잉, 지잉.

그때 그런 지영의 행복한 순간을 깨려는 듯이 메시지가 연달아서 세 개나 들어왔다. 나중에 확인할 생각에 시선을 다시 드는데 빤히 바라보고 있던 은재의 입이 곧바로 열렸다.

"급한 일일지도 모르잖아. 얼른 확인해 봐."

"응, 잠깐만."

메시지 함을 열어보니, 김지혜, 김은채에게 온 메시지들이었다.

[미군 특수 팀으로 추정되는 무리가 밀레니엄으로 이동 중!]

[야! 코쟁이들이 움직이고 있다는데?]

[미군? 미군이라는데? 너 어디야!]

그 메시지에 지영의 인상이 와락 찌그러질 뻔했지만, 은재가 앞에 있어 가까스로 참아냈다.

지잉, 지잉, 지잉.

그렇지만 반드시 찌그러뜨려 주겠다는 듯이 바로 전화가 울리기 시작했다. 발신인은 김은채였다.

"어, 나야."

—어디야!

"퇴원해서 집."

힐끔, 은재를 보는 지영의 눈빛은 이미 굳어 있는 상태였다.

—지금 간다! 삼십 분이면 도착해!

뚝.

지잉.

[특수 팀 밀레니엄 도착!]

지잉.

[촬영용 드론 띄우고… 진입 시작 했습니다!]

지잉.

[지금 집으로 가겠습니다.]

쉴 새 없이 김지혜의 메시지가 날아들었다.

"……."

그리고 지영의 표정은 한없이 무표정에 가깝게 변해갔다. 퇴원을 생각하며 지었던 찬란했던 미소는 더 이상 찾아볼 수 없었다.

『천 번의 환생 끝에』 8권에 계속…

초대형 24시 만화방

신간 100%, 샤워실, 흡연실, 수면실(침대석), 커플석, 세탁기 완비

■ 광명 광명사거리역점 ■

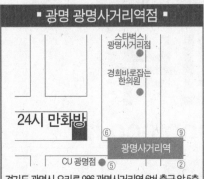

경기도 광명시 오리로 986 광명사거리역 6번 출구 앞 5층
02) 2625-9940 (솔목타워 5층)

■ 강북 노원역점 ■

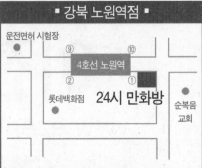

서울 노원구 상계동 340-6 노원역 1번 출구 앞 3층
02) 951-8324 (화용빌딩 3층)

■ 일산 정발산역점 ■

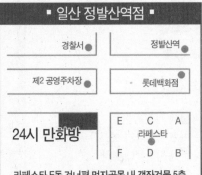

라페스타 E동 건너편 먹자골목 내 객잔건물 5층
031) 914-1957

■ 일산 화정역점 ■

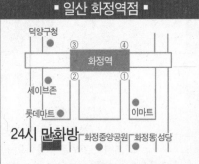

경기도 고양시 덕양구 화정동 984번지 서일빌딩 7층
031) 979-4874 (서일사우나 건물 7층)

■ 부천 역곡역점 ■

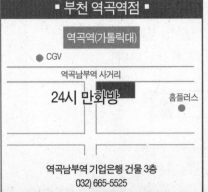

역곡남부역 기업은행 건물 3층
032) 665-5525

■ 부평역점 ■

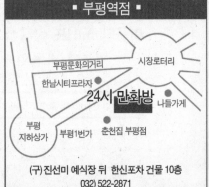

(구)진선미 예식장 뒤 한신포차 건물 10층
032) 522-2871

FUSION FANTASTIC STORY

설경구 장편소설

저니맨 김태식

한 팀에서 오래 머물지 못하고
이 팀, 저 팀을 옮겨 다니는
저니맨(Journey man)의 대명사, 김태식!
등 떠밀리듯 팀을 옮기기도 수차례.

"이게… 나라고?"

기적과 함께 그의 인생에 찾아온 두 번째 기회!

"이제부터 내가 뛸 팀은 내 의지로 선택한다!"

더 이상의 후회는 없다!
야구 역사를 바꿔놓을
그의 새로운 야구 인생이 펼쳐진다!

Book Publishing CHUNGEORAM

유행이 아닌 자유추구~
WWW.chungeoram.com

박선우 장편소설

스크린의 별

비호감을 불러일으킬 정도로 못생긴 외모를 가진 강우진.

우연히 유전자 성형 임상 실험자 모집 전단지를
발견한 그는 마지막 희망을 걸고
DNA를 조작하는 주사를 맞게 되는데…….

과거의 못생겼던 강우진은 잊어라!

**세상에서 가장 아름다운 사나이.
그가 만들어가는 영화 같은 세상이 펼쳐진다!**

Book Publishing CHUNGEORAM

유행이 아닌 자유추구 -
WWW.chungeoram.com

FUSION FANTASTIC STORY
RPM 3000
가프 장편소설
RPM(Revolution Per Minute: 분당 회전수)!
150㎞/h 160㎞/h?
이제는 구속이 아니라 회전이다!!
여기 엄청난 빅 유닛과 환신(換身)에 성공한 사내가 있다.
그 이름, 황운비!
훈련은 Slow and Steady,
시합은 Fast and Strong!
꿈의 RPM 3000을 찍는 패스트 볼을 장착하고
메이저리그를 종횡무진 누빈다!
Book Publishing CHUNGEORAM
유행이 아닌 자유추구 -
www.chungeoram.com